AF219086

DER REVIERFÖRSTER IST ZURÜCK

IST ZURÜCK

Ein Kammerjäger aus dem Ruhrgebiet am Rande des Wahnsinns

Über den Autor

Volker Skor, Jahrgang 1968 ist beruflich seit 1997 in den
Bereichen Schädlingsbekämpfung, Vogelabwehr und Desinfek-
tion tätig. Neben dem von ihm aufgebauten Betrieb mit regi-
onaler Ausrichtung (www.die-kammerjaeger.de) ist der Autor
ferner in der Aus- und Fortbildung sowie als freier Sachverstän-
diger unterwegs.

In seiner Freizeit verreist Volker Skor gerne mit Frau Steffi,
Hund Emma und dem eigenen Wohnmobil, fährt Motorrad
und schreibt Kurzgeschichten. Aufgrund seiner lebhaften Vergangenheit vor der Schädlingsbekämpfung bezeichnet er sich
selbst als „ewiger Straßenköter".

Impressum

Bibliografische Information der Deutschen Nationalbibliothek: Die Deutsche Nationalbibliothek verzeichnet diese Publikation in der Deutschen Nationalbibliografie; detaillierte bibliografische Daten sind im Internet über dnb.dnb.de abrufbar.

© 2021 Volker Skor
Herstellung und Verlag: BoD – Books on Demand, Norderstedt
ISBN: 978-3-7534-5440-5

DER REVIERFÖRSTER IST ZURÜCK

Ein Kammerjäger aus dem Ruhrgebiet am Rande des Wahnsinns

18 Kurzgeschichten ohne Netz und doppelten Boden

von Volker Skor

Inhalt

Ein paar persönliche Sätze

Neben den verschiedensten Tätigkeitsfeldern auch noch ein Buchprojekt zu realisieren ist für einen Laien wie mich eine echte Herausforderung. Zumindest, wenn man den Anspruch an sich stellt, jeden einzelnen Satz selbst zu formulieren und jedes einzelne Wort selbst zu schreiben. Aber formuliert man die Sätze auch grammatikalisch richtig? Schreibt man die Wörter nach den gegebenen orthographischen Regeln? Irgendwann sieht man den Wald vor lauter Bäumen nämlich nicht mehr. Beziehungsweise die Geschichte vor lauter Wörtern. Zumindest ergeht es mir so. Aber zum Glück hat sich meine liebe Freundin und sehr geschätzte Kollegin Bianca Mitmeier aus Ottendorf-Okrilla bei Dresden in ihrer Eigenschaft als Germanistin sofort bereit erklärt, das wichtige Lektorat zu übernehmen. Und so ganz nebenbei zeichnet sie sich auch für den Umschlagtext auf diesem Buch verantwortlich. Dafür gilt Dir, liebe Bianca mein aufrichtiger Dank.

Nun ist es so, das man nicht einfach die abgetippten und korrigierten Seiten dem Verlag zusendet und der druckt dann ein Buch daraus. Vielmehr muss vorher alles technisch so aufbereitet werden, daß die Seitenumbrüche stimmen, das Schriftbild vernünftig passt, der Aufbau buchkonform ausgerichtet wird und, und, und. Außerdem brauch man für ein richtiges Buch auch ein vernünftiges Cover. Dies alles hat mein langjähriger Freund Stefan Kimpel mit seiner Werbeagentur K3 aus Essen für mich engagiert. Somit schulde ich auch Dir und Deinen Mitarbeitern, liebes Kimpelchen, meinen Dank.

Ein Buch ohne Vorwort währe natürlich auch kein richtiges Buch, sondern nur ein Skript. Insofern habe ich nicht irgendwen gebeten, dieses Vorwort zu verfassen, sondern einen der ganz Großen unserer Zunft. Herrn Dr. Gerhard Karg aus Kaiserslautern. Da wir nun auch schon viele Jahre befreundet sind und es vermutlich auch wären, wenn wir nicht zufällig in derselben Branche tätig sein würden, hat Gerhard das Vorwort geschrieben, welches ich erst lese, wenn das fertige Exemplar in meinen Händen liegt. Wenn das mal gut geht… Ohne zu wissen, was drin steht, danke ich Dir trotzdem für Deine Mühen, Doc.

Zwei Revierförster sind nun fertig. Ein drittes wird in jedem Fall folgen, wenn ich meine Tätigkeit als aktiver Kammerjäger an den Nagel gehängt habe und gesund bleibe.

Ihnen nun viel Spaß mit meinem neuen Buch. Es ist all denen gewidmet, die in diesen schwierigen Zeiten der Pandemie in gesundheitliche-, oder auch wirtschaftliche Not geraten sind oder sogar einen lieben Menschen verloren haben.

Vorwort

Volker Skor, mein geschätzter Kollege und Freund, hat mich gebeten das Vorwort für sein neues Buch zu schreiben.
Mich hat es fast vom Sockel gehauen, welch eine Ehre. Und das meine ich ernst.
Ich erinnere mich noch sehr gut an den Tag, an dem ich Volker zum ersten Mal gesehen habe. Es war eine Veranstaltung des DSV, ich meine des Landesverbandes NRW, in einem Keller-(Restaurant) in der Kölner Altstadt. Dort stand er mit seinem lila Anzug… Mir fiel sofort auf, wie er mich beäugte (muss mal fragen ob er damals als „Bouncer" da war, um Tierschützer (und so sehe ich ja eher aus) abzuweisen.
Ich beäugte ihn auch: lila Anzug, wo kann man denn so etwas erwerben? Käuflich bestimmt nicht, oder war der Kollege vielleicht farbenblind und brauchte Hilfe? Aber ich habe nicht nach seinem Namen gefragt…und er bestimmt nicht nach meinem.
Egal, wir behielten uns im Auge. Der Abend verlief trotzdem friedlich und das wars erst mal.
Viele Jahre später suchten wir einen Kollegen mit viel Berufserfahrung und dem „gewissen Etwas", das einen Dozenten bei der Ausbildung zum Schädlingsbekämpfer bei IMPpro ausmacht. Dabei wurde ich von Kai auf Volker Skor aufmerksam gemacht. Kenn ich nicht! Bis ich ihn persönlich treffen durfte. Dieses Mal ohne Anzug, dafür mit mehr Bauch (der Anzug passt wohl nicht mehr und in anderen Größen gibt es den wohl nicht)!
Und ich war und bin begeistert, von seinem praktischen Wissen, seiner Berufserfahrung und vor allem von der Art, wie er sein Wissen unvergesslich rüberbringt (die Teilnehmer an unseren Kursen können das bestätigen!)

Die Bühne, da gehört er hin. Und wenn es nur die Bühne in Form von Literatur ist.

Ich habe sein erstes Buch förmlich verschlungen, mit Absicht sein zweites Buch aber noch nicht gelesen, obwohl er mir das angeboten hat. Ich will noch ein bisschen die Vorfreude geniessen. Aber ich freu' mich sehr darauf das haut- und bürgernah miterleben zu dürfen, was einem Kammerjäger wahrscheinlich nur im Revier passieren kann.

Was gibt`s noch Wichtiges über den „beseligenden"* Autor zu sagen? Volker sammelt Kotztüten und freut sich bestimmt über Zusendungen zur Ergänzung seine Sammlung (bitte unbenutzt). Außerdem sponsort er seit Jahren Kinder über PLAN Deutschland (sehr zu empfehlen und darf gerne nachgemacht werden!)

*hab ich gegoogelt

Dr. Gerhard Karg

Betreuer

Da ich häufig vor kleineren und größeren Gruppen wissbegierigen, hochmotivierten, jungen und älteren Männern und
Frauen meine Berufserfahrung im Rahmen der fachlichen Aus-
und Fortbildung weitergebe, sind es zwei Fragen, die mich im
Unterricht nun schon seit geraumer Zeit verfolgen. Frage eins
lautet: „Entschuldigung, Herr Skor. Bis wann machen wir Freitag?!" Frage zwei: „Wann kommt denn Ihr nächstes Buch endlich raus?!". Hand aufs Herz. Frage eins wird häufiger gestellt...
und zumeist auch schneller beantwortet. Wir machen solange,
bis wir fertig sind. Übrigens ist Frage drei außer Konkurrenz.
Bei ihr geht es um die Durchfallquote in den Prüfungen. Aber
das kommt immer darauf an, was tags zuvor beim Mittagessen
gereicht wurde...
Dennoch muss es ja irgendwann weitergehen mit dem Revierförster. Wie soll ich unter dem Aspekt aus der Nummer auch
anders rauskommen, wenn ich ständig antworte, ein zweites
Buch sei bereits fast fertiggestellt. Es fehlten nur noch ein, zwei
winzige Geschichten?! Und gestern saß ich dann endlich mal
wieder an meinem Schreibtisch und versuchte, irgendetwas sin-
niges in die Tastatur zu kloppen. Womit anfangen?! Was schreibe ich nur? Immerhin stößt man ja nicht täglich irgendwo auf
einen appen Arm. Oder kommt vor Lachen nicht in den Schlaf.
Im Gegenteil. Mit anderen Worten: mir fiel und fiel nix ein. Dabei sind es wirklich nur noch zwei, drei Kurzgeschichten. Kann
doch nicht so schwer sein, wenn ich in meinen Hirnwindungen den Fundus an Erinnerungen durchkrame. Nun bin ich ja
kein Schriftsteller im eigentlichen Sinne. Sondern Schädlingsbekämpfer. Darum möchte ich auch nicht solch hochtrabende

Sätze wie „ich habe eine momentane Schreibblockade" oder „es fehlt mir zur Zeit ein wenig an Inspiration" und ähnliche mir nicht zustehenden Phrasen kloppen. Vielmehr hatte ich eher kein Bock. Also saß ich da und machte mir meine Gedanken. Es ging sogar so weit, daß ich entgegen meines ursprünglichen Vorhabens nichts in die Tastatur hineinkloppte, sondern sogar etwas herausholte. Und zwar die Krümel der selbstgebackenen Plätzchen, die meine Kollegin letzte Woche mitgebracht hatte. Also vertagte ich mein pseudokreatives Schaffen auf unbestimmte Zeit. Und jetzt, kaum 24 Stunden später sitze ich an demselben Schreibtisch und habe schon wieder Halsschlagadern im Durchmesser von Gardena-Schläuchen. Die Teile wachsen immer auf diese Größe an, wenn ich mich aufregen muss. Und glaubt mir. Der gelernte Ruhri muss sich oft aufregen…

Nun. Was war passiert?! Wir treffen uns hier in der kleinen Kammerjägerei am Waldesrand üblicherweise zu Beginn eines neuen Arbeitstages in unserem kleinen Sozialraum und trinken Kaffee. Hinter vorgehaltener Hand wird gemunkelt, hier würden sogar vereinzelt immer noch Filter-Zigaretten zum Heißgetränk geraucht. Aber das bleibt bitte in Zeiten wie diesen unter uns.

In jedem Fall bequatschen wir morgens in aller Frühe die vorangegangenen Aufträge oder tauschen uns über noch bevorstehende Projekte aus. Neben den diskussionswürdigen und unwürdigen Themen aus Politik, Gesellschaft und Sport, versteht sich. Ebenso, wie es vermutlich in vielen kleineren und mittelgroßen Kammerjägereien, aber auch in den vielen Handwerksbetrieben und Geschäften aller Art Land auf, Land ab gehandhabt werden dürfte. Wie dem auch sei, ist gestern ein Mitarbeiter zur Objektbegehung in der Wohnung eines älteren Herrn gewesen. Die Terminabsprache sowie alle administrativen Dinge regelte hierbei der Betreuer einer Hilfsorganisation. Mehr oder weniger. Denn eigentlich mussten meine liebsten Kolleginnen aus dem Büro den ganzen Rotz regeln, da die Typen vom Betreuungsbüro etwas überfordert waren. Egal. Der Betreuer des älteren Herrn sollte laut Aussage der übergeordneten Hilfsorganisation, bei dem besagter Betreuer wohl in Lohn und Brot stand, Silberfischchen in seiner Wohnung festgestellt haben.

Als der Kollege dann heute Morgen die Parameter zur Angebotserstellung an mich übergab und trotz Datenschutzverordnung einige Schnappschüsse aus dem Objekt auf seiner Kamera, mit der man auch telefonieren kann, präsentierte, fragten wir uns einmal mehr, was diese „Betreuer" eigentlich betreuen?! Also wie sieht deren normaler Tagesablauf aus?

Immerhin wurden wir in der Vergangenheit bereits einige Male zuvor mit ähnlichen Fällen konfrontiert, die ganz ähnlich gelagert waren. Die Wohnungen der betreuten Personen glichen mitunter Müllhalden. Und das Braune in der Toilettenschüssel bzw. auf dem Bodenbelag dorthin ist meist kein Flugrost gewesen... anders ausgedrückt: die betreuten Menschen leben eigentlich unter absolut menschenunwürdigen Umständen. Trotz Betreuung. Und dann fragen wir uns immer: was machen die Betreuer da eigentlich?! Warum sehen diese Betreuer die Berge von benutzen Erwachsenenwindeln nicht, die uns und jedem anderen, der nicht die Bürde einer mit drei Punkten versehenen Binde am Arm mit sich trägt sofort ins Auge und in die Nase springen?! Weshalb fällt diesen Betreuern nicht auf, daß Kochtöpfe mit vergammeltem Inhalt auf dem Herd stehen, deren beste Zeiten schon vor Monaten abgelaufen waren?! Und warum merken diese Betreuer nicht, daß die ihnen anvertrauten Personen der völligen Verwahrlosung anheim zu fallen drohen?!

Vielleicht braucht der Betreuer ja mal einen Betreuer. Tja, diese Einzelfälle haben zugenommen. So sehen wir uns parallel zu dem geschilderten Fall mit einem Betreuer konfrontiert, dessen Schützling in einer Bude wohnt, die mehr Bettwanzen aufweist, als mein Lieblingsfußballverein Rot-Weiß Essen in den letzten drei Spielzeiten Punkte gesammelt hat. Natürlich wiesen wir den feinen Herrn Betreuer auf den Umstand hin, daß er sich angesichts der großen Population vielleicht beim nächsten Mal etwas eher melden sollte. Aber daraufhin bekamen wir als Antwort nur mitgeteilt, daß bei seinem Besuch vor einer Woche noch nix zu sehen gewesen wäre... in Ordnung. Dann hatte der Bewohner vermutlich häufiger Sex auf `nem Nagelbett für Fakire. Und lag dabei unten. Wie sonst sollen diese vielen kleinen Wunden am Körper des Leidenden zu erklären sein, die er uns ungefragt vorführt? Natürlich ist mir klar, daß es vermutlich tausende von Betreuerinnen und Betreuer in dieser Republik gibt, die sehr verantwortungsbewusst handeln und sich sorgsam um die Gesundheit, das Wohlergehen und die Kohle ihrer Klienten kümmern. Sofern das überhaupt deren Aufgabe ist. Das kann ich nicht einmal beurteilen. Aber bei den schwarzen Schafen dieser Gruppierung, auf die wir immer mal wieder treffen schwillt mir jedes Mal die Halsschlagader an und wir fragen uns dann stets, ob diese Betreuungsbüros beziehungsweise die Betreuer für eine solche Form der Betreuung eigentlich Geld bekommen?!

In jedem Fall konnten wir uns im Sozialraum der kleinen Kammerjägerei am Waldesrand rasch ablenken. Zum einen mit dem Umstand, daß die ursprünglich als Besuchsgrund angegebenen Silberfischchen auch unter dem Trivialnamen „Kakerlake" bekannt sind. Und zum anderen mit diskussionswürdigen und -unwürdigen Themen aus Politik, Gesellschaft und Sport.

Verpackungen

Gerade ist meine zauberhafte Kollegin am anderen Schreibtisch hier im Büro der kleinen Kammerjägerei am Waldesrand erstmal wieder auf Tauchstation gegangen. Warum?! Weil mir schon wieder die Halsschlagadern auf Größe von Gardena-Schläuchen anwachsen.

Dabei wollte ich einfach nur einen verschissenen USB-Stick aus seiner Verpackung befreien und mit Daten füllen. Das heißt: von „Wollen" im eigentlichen Sinne kann überhaupt keine Rede sein. Vielmehr werde ich ja von diesen ganzen Datenschutz-Deppen und diesem kompletten Firlefanz dazu gezwungen, jeden Buchstaben, der hier so aus der Tastatur purzelt, unter Agenten-Bedingungen wie damals im YPS-Detektiv-Club zu sichern.

Aber ich schweife wie immer ab. Dabei lag die Betonung doch ganz klar auf „einfach" und „wollte"… Was ist mit den Herstellern dieser lustigen Datenträger namens USB-Stick los?! Was rauchen die da in den Konstruktionsbüros für ein Zeug?? In jedem Fall nicht das Richtige, würde ich sagen.

Zunächst habe ich es ohne Hilfsmittel versucht. Ich glaube, es nennt sich „Blister-Verpackung". Für mich ist das einfach nur Hartplastik. Aber noch einmal von vorne: nach den wundervollen Vorgaben der noch wundervolleren Datenschutzverordnung müssen wir ja jetzt jeden i-Punkt, jedes Komma und jeden Bindestrich sichern und in Tresore verschließen. Klar. Wurd´ ja auch Zeit. Immerhin liefen noch vor wenigen Wochen ständig irgendwelche Spitzbuben durch die Straßen, um lauthals mit Megaphonen unsere Kundendaten preiszugeben. Auf jeden Fall haben wir uns im Zuge dessen dann in der kleinen Kammerjägerei am Waldesrand so organisiert, daß einige relevante Daten auf besagten USB-Sticks gespeichert werden. Natürlich verfügen wir darüber hinaus auch über gespiegelte Festplatten und all dem ganzen Firlefanz. Übrigens schon immer. Nur damals wurde die gespiegelte Festplatte eben wie der Name schon sagt auch nur zu entsprechenden Anlässen hervorgeholt. Und mit Spargelröllchen, Käse-Sticks und Mettigel belegt. Heute weist diese Festplatte Daten auf. So ändern sich die Zeiten. Ja nun. Wir sind eben noch etwas Old-School. Böse Zungen behaupten sogar, ich sei EDV-Legastheniker. Aber ich darf das. Ich stamme aus einer Zeit, als Musik noch von schwarzen Vinyl-Scheiben abgespielt wurde. Und zwar ziemlich laut. Außerdem hatte man aufzustehen, wenn von einem der drei Fernsehprogramme in ein anderes gewechselt werden sollte. Es war eine beschwerliche Zeit. Es war die Zeit, als Kammerjäger noch Köder mit Wirkstoffen benutzen durften…

Doch ich schweife schon wieder ab.

Denn eigentlich bestand mein Ansinnen einfach nur darin, einen neuen USB-Stick in den entsprechenden Schlitz meines PCs zu schieben.

Sehen konnte ich das Medium durch die transparente Verpackung mit den Hinweisen aus Pappe zumindest schon einmal. Nur ich kam an dieses verfluchte Miststück nicht dran. Erst versuchte ich es an der einen, dann an der anderen Ecke. Nix zu machen. Als meine zarten Chirurgen-Fingerchen ernsthafte Kampfspuren aufwiesen und erste Blutflecken auf dem Plastik zu sehen waren, suchte ich nach irgendeinem Trick. Vielleicht muss man die Packung an einer Stelle andrücken. Oder ziehen. Auch nix. Vielleicht wollten die Hersteller ja nicht, daß ausgerechnet ein kleiner Kammerjäger mit deren Produkt arbeitet und haben

das rechteckige Wunderteil deshalb in eine Verpackung einge-
schweißt, die besseren Schutz vor befugten, sowie unbefugten
Zugriff bietet als Fort Knox den Goldreserven der USA.
Also musste härteres Werkzeug her. Rasch zur Schere gegriffen.
Es wäre ja wohl gelacht, wenn ich dieses verfickte Teil nicht
aus der verschissenen Verpackung brächte. Doch selbst unsere
altgediente Büro-Schere hat Mühe, die unförmige Kunststoff-
mülleinheit zu knacken. Erst versuche ich es kurz unter der ge-
riffelten Schweißnaht. Zwecklos. Dann eben etwas tiefer. Ich
werde wahnsinnig. Wer denkt sich so einen Kack aus?! Sitzen
da irgendwo Ingenieure oder Verpackungsspezialisten beim
achten Bier zusammen und machen sich einen Spaß daraus,
ihre Produkte verbrauchersicher einzupacken oder was?? Wie
soll ich später mit siebzig, achtzig Jahren jemals auch nur eine
Schlangengurke aus der Verpackung popeln, wenn ich alt, grau,
schwach und zitterig bin?! Apropos zitterig. Bin ich jetzt gerade
auch. Vor Wut. Immerhin geht der Trend ja mittlerweile dahin,
alles einzupacken, was bei drei nicht schnell genug auf die Bäu-
me kommt. Da ändert auch diese zauberhafte Zuckerpuppe aus
der schwedischen Bauchtanztruppe wohl nix dran.
Plötzlich werde ich aus meinem unmittelbar bevorstehenden
Wutanfall gerissen.
„Cheffe, was machst Du da?? Soll ich Dir mal helfen?" fragt die
einschmeichelnd-zuckersüße Stimme der besten Kollegin vor
Ort. „Das wäre schön. Bevor ich diese Drecksverpackung samt
Speicherstick gleich an die Wand klatsche oder wahlweise durch
das geschlossene Fenster kloppe…" Mit diesen Worten nimmt
die Kollegin mir das mittlerweile arg ramponierte Stück Plastik aus der Hand und reicht mir wenige Sekunden später den
nun befreiten Stick ohne Verpackungseinheit. Für einen kurzen

Moment denke ich an Zauberei. Und ich kann, mit einer Schnittwunde mehr im Handflächenbereich, endlich die aktuelle Inventurliste abspeichern.

Frauen haben bei so etwas einfach mehr Geduld. Außerdem ist meine Kollegin ja mit dem Scheiß aufgewachsen…

Mittelalter

Das Leben ist schön. Noch schöner ist es, wenn man Inhaber eines kleinen Betriebes ist. Wie ich da drauf komme?! Ja nun. Meine Theorie geht in die Richtung, daß hier irgendwann vor ein paar Jahren über dieses lustige Land ein Flugzeug geflogen sein muss. Ganz still, leise und unauffällig. Oder vielleicht waren es auch mehrere Flugzeuge. Man weiß es heute nicht mehr. Auf jeden Fall muss aus dem Flugzeug oder diesen Flugzeugen irgendwie ein Pulver über Schland abgeworfen worden sein, dessen einziger Zweck darin bestand, die Menschen in großen Teilen verblöden zu lassen. Und sie somit zu noch willfährigen Subjekten irgendwelcher höheren Mächte zu verwandeln als sie es ohnehin schon immer waren.

Ein paar Prozent unserer Bevölkerung sind vermutlich zum Zeitpunkt des vom Himmel rieselnden Pulvers glücklicherweise gerade im Keller gewesen. Was weiß ich?! Vielleicht, um die letzten Einmachgurken hoch zu holen. Oder manche waren im Urlaub. Und die haben eben nix abbekommen von dem Zeug und wundern sich nun über den Rest der Bevölkerung. Insbesondere große Teile der Regierenden in Berlin und Brüssel standen wohl direkt unter den Flugzeugen im Niederschlag und mussten üppigste Mengen inhalieren.

Nein, nein. Ich schlafe nicht mit `nem Alu-Hut auf'm Kopp. Und ich bin auch kein Verschwörungstheoretiker. Noch nicht mal Reichsbürger. Aber wie sonst ist es zu erklären, daß wir uns hier irgendwie vollkommen zurück zu entwickeln scheinen?!

Beispiel: Früher, also noch vor ein paar Jahren, habe ich hier in diesem Land auch schon Schädlingsbekämpfung betrieben. Und bin ab und an sogar noch richtig rausgefahren.

Als echter Schädlingsbekämpfer!! Zu echten Kunden!! An und für sich kein Wunder. Ich habe ja auch einen Schädlingsbekämpfungsbetrieb…

Aber seit geraumer Zeit komme ich zu dieser wundervollen Aufgabe überhaupt nicht mehr. Stattdessen kümmere ich mich vorrangig um Up- und Downloads. Lade Updates herunter. Installiere immer neue Anwendersoftware, um auf irgendwelchen Plattformen der verschiedensten Auftraggeber aus der Immobilienwirtschaft unsere Einsätze entgegenzunehmen und darüber abzurechnen. Synchronisiere irgendwelche Programme. Hänge in Warteschleifen von sogenannten Support-Hotlines und/oder Telefonanbietern. Befasse mich mit der Erstellung von Gefährdungsbeurteilungen. Und Datenschutzverordnungen. Lese ständig neue Verordnungen der verschiedensten Ämter und Behörden. Kümmere mich vorsorglich um Notfallpläne, falls unsere Fahrzeuge durch drohende Fahrverbote infolge der Diesel-Stigmatisierung stillgelegt werden und achte darauf, daß die Leitern in meiner kleinen Kammerjägerei am Waldesrand in den hierfür exakt vorgeschriebenen Abständen gewartet werden und schicke Mitarbeiter in den ebenfalls vorgeschriebenen Intervallen zu unserem Arbeitsmediziner. Und so ganz nebenbei muss ich mich ja auch noch darum kümmern, ob unsere Warnhinweise auf den Köderstationen in sämtlichen Muttersprachen der potentiell gefährdeten Personen vor der bestehenden Apokalypse warnen. Kontrolliere und dokumentiere, ob wer wann auf welches Klo geht, damit auch ja dem Gender-Mainstream entsprochen wird und nicht plötzlich jemand mit Pipi-Mann fälschlicherweise auf der Toilette des- oder der- oder beidesjenigen auftaucht, für die, der oder des die Toilette aber nicht zugelassen ist. Achte auf meine Wortwahl, damit meinen Kolleginnen und Kollegen mich nicht aufgrund etwaig sexistischer Verdachtsmomente verklagen. Hier reicht ja schon eine Äußerung wie „Och Frau Müller. Sie haben aber heute mal eine schöne Bluse an." Zack. Arbeitsgericht. Ändere Rechnungen, weil der Leistungsempfänger nicht oder nicht vollständig angegeben war. Oder weil die Anlagegesellschaft Nummer 127 in Stuttgart plötzlich umbenannt wurde in Anlagegesellschaft Nummer 132. In Quakenbrück. Über Nacht. Oder weil plötzlich die Anlagegesellschaft keine GmbH mehr ist. Sondern eine GmbH und Co.KG. Wobei die Auftraggeber dann im Brustton der Überzeugung noch so tun, als hätten wir das wissen müssen. Obwohl: War „Brustton" jetzt sexistisch?!

Darüber hinaus kümmern wir uns natürlich auch noch um die neusten brancheninternen Vorschriften und Bestimmungen, die ja eigentlich branchenexterne Vorschriften und Bestimmungen sind, da die Leute, die sie für unsere Branche machen, vermutlich mit unserer Branche recht wenig zu tun haben dürften. Nebenbei versuche ich noch, mich und meine Mitarbeiter fortzubilden. Um den Anschluss nicht zu verpassen. Auch wenn ich hin und wieder ganz still in mich hineinhöre und dabei feststellen muss, den Anschluss eigentlich schon lange verpasst zu haben. Und damit meine ich nicht den fachlichen Bereich... Das wiederum merkt nur deshalb niemand, weil wir unsere ursprüngliche Kernaufgabe, -also den Grund, warum man uns bestellt noch immer zur Zufriedenheit aller erledigen.

Somit hat sich mein persönliches Berufsbild vom Schädlingsbekämpfer hin zum EU-Verwaltungsfachangestellten mit rudimentären juristischen Kompetenzen und Wissen in der Arbeitsmedizin gewandelt. Toll, nicht?! Was für ein Aufstieg. Und wenn neben all diesen wundervollen Beschäftigungen noch Zeit bleibt, sprechen wir in seltenen Fällen auch mal mit unseren Kunden. Oder nehmen Aufträge entgegen. Davon brauchen wir eine ganze Menge. Denn das eingangs erwähnte Pulver hat neben den bereits beschriebenen Resultaten scheinbar auch die absolute Kritiklosigkeit innerhalb unseres Volkes ausgelöst. Wenn man sich als Franzose gelbe Westen überzieht, sind die einzigen Typen, die man in diesem Land mit solchen Kleidungstücken ausmachen kann vom ADAC. Oder von Fremdfirmen, die sich seit kurzem auf Betriebsgeländen so vor dem sicheren Überrollen etwaiger LKWs kennzeichnen müssen. Also ertrage auch ich neben der Vielzahl immer neuer schwachsinniger Verordnungen und Vorgaben klaglos den Umstand, daß wir nach Entrichtung der Mehrwertsteuer bei jedem Einkauf, dem Zahlen der Kraftstoffsteuer nach jedem Tankvorgang, der Abgabe von Gewerbe- und Grundstückssteuer sowie der Zahlung von KFZ- und sonstigen Steuerabgaben, dem Ausgleich der Rechnungen von IHK und Berufsgenossenschaft, der Abbuchung von GEZ -Gebühren, Versicherungen, Telefon und Internet sowie vielen hier nicht aufgeführten zahlreichen weiteren Positionen von diesem fürsorglichen Staat eine fette Belohnung einheimsen. Nach Zahlung der Löhne und Gehälter sowie ihrer vielfältigen Nebenkosten versteht sich.

Diese Belohnung ist vermutlich als eine Art Widergutmachung zu verstehen. Quasi ein kleines Dankeschön dafür, das wir als Unternehmer so selbstlos Arbeitsplätze geschaffen haben und fleißig in die Sozialsysteme einzahlen, ohne freilich als Selbständige hiervon je einen Cent in Anspruch nehmen zu können. Moment mal. Das stimmt nun doch nicht ganz. Immerhin wurde in Zeiten von Corona das Füllhorn der Glückseligkeit über zahlungsunfähige- und viele andere Betriebe ausgeschüttet.

Geld, das man den Unternehmern vorher in Form von Steuergeldern abgenommen hatte, wurde nun wieder zurückgegeben. So einfach ist das. Da die Belastung der Mitarbeiterinnen und Mitarbeiter in Bezug auf steuerliche- und sonstigen Abzüge auch nicht viel geringer ist, geht es denen eben auch nicht viel besser. Vor allem nicht im Rentenalter.

Die erwähnte Belohnung stellt sich in der Form dar, daß wir nach Abzug aller notwendigen Aufwendungen von dem was übrigbleibt, -also zumindest wenn was übrig bleibt- knapp die Hälfte der durch uns erwirtschafteten Kohle behalten dürfen. Gut. Etwas weniger als die Hälfte ist es mittlerweile schon. Aber wir wollen nicht kleinlich sein.

Ist das nicht toll?!

Und es wird noch besser: Wenn wir uns nämlich weiter so rasant als Menschheit vor allem intellektuell zurückentwickeln sind wir schon bald wieder auf Stand des Bildungs-, Sozial- und Entlohnungssystems des Mittelalters angelangt.

Und dort mussten die Bürger gerade einmal 10% ihrer Einnahmen abdrücken, den so genannten „Zehnten". Paradiesische Zustände für jeden Beschäftigten. Und trotz der vergleichsweise geringen Abgabelasten können die Straßen damals auch in keinem schlechteren Zustand gewesen sein…

Also, liebe Leser, die einer sozialversicherungspflichtigen- und/ oder selbständigen Tätigkeit nachgehen: Durchhalten. Es lohnt sich.

Müll

Ich komme gerade von einem Außentermin. Und zwar von einem dieser Art, bei der vorher eine unheimliche Panik verbreitet wird. „Wir müssen uns dringend mal am Objekt treffen. Hier scheint einiges aus dem Ruder zu laufen." Dabei arbeiten wir schon eine ganze Weile für die betreffende Immobiliengesellschaft. Gut. Die Objekte dienen eher nicht den obersten Zehntausend als Wohnstätte, sondern mehr schon den unteren Hunderttausend. Aber meine Eltern konnten mir als junger Bub leider auch nicht in einer Villa am See beim Großwerden zusehen. Insofern muss ein Mehrfamilienhaus ja per se erstmal nichts Schlechtes sein. Im Gegenteil.

Doch ich schweife wie so oft ab. Meine Kollegin in der telefonischen Auftragsannahme berichtete ganz hektisch, daß die angrenzende Anwohnerschaft der betroffenen Häuser in Kürze die Presse einschalten würde, wenn die Immobiliengesellschaft jener Objekte, die wir in Bezug auf die Nagerproblematik betreuten nun nicht endlich etwas gegen die Ratten unternehmen würde. Dabei hat unser Auftraggeber genau das ja längst getan. Nämlich indem sie uns als Fachbetrieb mit der regelmäßigen Nagerbekämpfung vor Ort betraut hat. Aber sei´s drum.

In jedem Fall stand nun ein Treffen mit den Verantwortlichen der Immobiliengesellschaft an, um bei einer gemeinsamen Objektbegehung das weitere Vorgehen und unseren scheinbar ausbleibenden Erfolg in Bezug auf die regelmäßigen Bekämpfungsmaßnahmen zu erörtern. Wie immer in solchen zum Glück recht seltenen Fällen ließ ich mir die Dokumentationen und alle relevanten Unterlagen der letzten sechs Durchgänge von meiner Kollegin im Büro ausdrucken, um gut präpariert ins Feld ziehen zu können. Gemäß meinem persönlichen Motto „wenn Du nachher ein Ass aus dem Ärmel ziehen möchtest, musst Du es Dir vorher erstmal hineinstecken…"

Natürlich hätte ich auch einfach den in einer vorherigen Geschichte erwähnten, mühsam aus seiner Verpackung gepopelten USB-Stick mit allen erforderlichen Daten in mein Notebook stecken können, aber da bin ich eigen. Quasi Oldschool.

Doch zurück zur Sache: Weil ich nicht alleine als vermeintlicher Sündenbock vor das Tribunal der auftraggebenden Firma gezerrt werden wollte, bestellte ich zusätzlich noch einen unserer für das Objekt zuständigen Techniker zum gemeinsamen Termin. Allerdings wurde mir bereits nach Durchsicht der Bearbeitungsberichte schnell klar, was uns erwarten sollte. In nahezu jeder Dokumentation wurde nämlich nach jedem Behandlungsdurchgang von meinem Kollegen darauf hingewiesen, daß die Müllanlagen quasi überquellen. Oder sich reichlich Lebensmittel, vor allem in Form von dünnen Backwaren mit schwarzen Sesam-Körnern darauf, die für mich persönlich immer sehr schwer von Mäusescheiße zu unterscheiden sind, in den Grünstreifen fänden. Oder einzelne Mieter dabei beobachtet wurden, wie sie die Vögel mit kiloweise Sonnenblumen und anderen lustigen Saaten fütterten. Und zwar mitten auf den Wegen. Ohne Vogelhäuschen. Oder in dem sie direkt gefühlt 200 Kilo Lebensmittelreste aller Art aus dem Fenster auf die nur noch rudimentär vorhandene Grünfläche vor dem Haus schmissen. Sie unterstellen mir einen gewissen Hang zur Übertreibung? Vor dreißig Jahren hätte ich selbst mir solche Zustände in unserer doch so hoch entwickelten Industriekultur auch nicht vorstellen können. Aber Situationen wie diese gehören mittlerweile für uns zum täglichen Alltag.

Ja nun. Ich bin kein Psychologe und habe von daher auch keine Ahnung, was in den Köppen solcher Leute verkehrt läuft. Also wenn da überhaupt irgendwas läuft. Aber ich bin seit mehr als zwanzig Jahren selbständig. Und könnte es mir alleine aus meinen mir gegebenen persönlichen finanziellen Umständen heraus, aber vor allem auch aufgrund anerzogener Verhaltensmuster und selbstangeeigneter Denkbilder überhaupt nicht vorstellen, Lebensmittel aller Art auf diese Weise zu vernichten.

Aber ich kann es mir schließlich auch nicht vorstellen, Tag und Nacht unsere Heizung auf volle Pulle laufen zu lassen und bei entsprechender Überhitzung der Räume anstatt das Thermostat runterzudrehen lieber die Fenster sperrangelweit aufzureißen. Dennoch erleben wir auch das tagtäglich. Und wieder übertreibe ich nicht, wenn ich hier schreibe: sogar im Sommer.

Doch ich schweife schon wieder ab, was ich zu entschuldigen bitte. Also zurück zur Sache: bei unserem Treffen vor wenigen Stunden begrüßten mich zwei völlig verzweifelte jüngere Damen der Immobiliengesellschaft, in dessen Verwaltung und Besitz sich der Wohnblock befindet. Nach einem gemeinsamen Rundgang durch die Anlage konnten weder ich, noch die beiden Damen beim besten Willen ein Fehlverhalten meiner Mitarbeiter feststellen. Alle Stationen waren sauber befestigt, mit Warnaufklebern versehen und strategisch gut installiert. Aber was nutzen die besten Maßnahmen unsererseits, wenn sich in den Büschen die gesamte Produktpalette umliegender Backwarenhersteller und Obstverkäufer widerspiegelt?! Allerdings wurden wir bei unserem anschließenden Gespräch glücklicherweise seitens der beiden Damen auch in keiner Weise mit Vorwürfen konfrontiert, warum wir den Rattenbefall nicht zu tilgen in der Lage wären. Vielmehr schien es mir, als suchten die beiden verantwortlichen Damen eher Zuspruch. Trost. Hilfe. Die gut gemeinten Tipps meines Kollegen und mir zielten zum Beispiel auf Anschreiben in mehrere Sprachen hin, wie der Müll richtig zu entsorgen wäre. Oder auf kürzere Leerungsintervalle der Müll-container. Oder auf Hausmeister, die zumindest eine homöo-pathische Menge an Ordnung aufrecht erhalten sollen. Doch all das wäre längst geschehen, versicherte man uns fast unter Tränen. Leider ohne jedweden Erfolg. Im verzweifelten Kampf gegen Windmühlen wurde sogar eine Abfallmanagement-Firma (ja, so etwas gibt es heutzutage) beauftragt, sich speziell um die Müllplätze zu kümmern. Und da sämtliche mitunter sehr kos-tenintensiven Maßnahmen ins Leere gelaufen sind, liefen jetzt eben die Bewohner der angrenzenden Häuser Sturm und woll-ten aufgrund der immer wieder aufflammenden Rattenproble-matik in ihrem gepflegten Umfeld die Presse einschalten.

Ja nun. Wir sind ja der gleichen Meinung und würden auch am liebsten die Presse einschalten. Allerdings reden wir vom Ein-schalten der Müll-Presse. Nur dazu ist es zunächst erforderlich, daß der Abfall auch im Container landet. Und nicht davor. Und schon gar nicht in den umliegenden Büschen.

Dem Wunsch der verzweifelten Damen, die Intervalle unserer Durchgänge zu verkürzen lehnten wir ab. Dieser hilflose Ver-such würde eher in die Kategorie „sinnloser Aktionismus" fallen. Und die Nebenkosten der Mieter immer weiter erhöhen. Und das wollen wir ja nicht. Nachher muss wegen uns noch jemand hungrig ins Bett… immerhin könnte wichtige Kohle fehlen, um künftig nicht mehr so viele Lebensmittel kaufen zu können, daß man sie anschließend aus dem Fenster werfen muss.

Mobiltelefon

Hoa, hoa, hoa. Also eigentlich hat mein Hausarzt mir nach meinem letzten, sehr seltenen Besuch mal ein bisschen Ruhe verordnet. Ich solle mich nicht immer so aufregen. Stress meiden. Des Blutdrucks wegen. Natürlich hat er auch was von ernährungsrelevanten Dingen erzählt. Aber da gehe ich nicht ins Detail. Datenschutz.

Allerdings: wenn ich mich künftig nicht mehr so aufregen soll, dann kann der Doc meines Vertrauens mir hoffentlich auch direkt einen guten Maurer empfehlen, der mich von der Außenwelt separiert, indem er die Tür unseres Hauses so verschließt, daß ich nicht mehr auf die Straße komme. Quasi Quarantäne wie zu Zeiten von Corona. Nur für immer.

In der heutigen, schönen bunten Welt schwillt mir nämlich quasi auf Schritt und Tritt der Kamm. Vorhin zum Beispiel: auch wenn die Bundesregierung uns treuen Knechten gerne für unsere mehr als großzügigen- durch eigener Hände Arbeit- selbst erwirtschafteten Abgaben in Form von Steuer-Kopeken dergestalt belohnt, daß sie uns die Fahrt mit unseren Diesel-Dienst-Fahrzeugen verbieten möchte, lässt es sich ab und an nicht vermeiden, daß ich mich selbst zu Kunden begebe.

Allerdings bin ich zumindest insofern fein raus, als daß wir unsere Diesel-Fahrzeuge gerade allesamt aussortiert und auf Benziner umgestellt haben. Mit der Option, in ein, zwei Jahren Sonnenkollektoren oder Windräder auf den Fahrzeug-Dächern nachrüsten zu können. Wobei der Fuhrpark unserer kleinen Kammerjägerei am Waldesrand mit fünf Autos doch recht überschaubar anmutet. Aber darum geht es überhaupt nicht. Sondern vielmehr um die Tatsache, daß ich bei Fahrten durch das Ruhrgebiet mehrmals täglich nur knapp an einer Voll-Katastrophe entlang schramme. Und zwar immer dann, wenn irgendwelche Typinnen und Typen mit gesenktem Blick unter Missachtung aller gebotenen Regeln, die je im Straßenverkehr Geltung fanden, über die Straße schlurfen. Mit einer Geschwindigkeit, in der zu meiner Jugend unsere Generation früher ganze Studiengänge absolvierte. Bis auf mich natürlich. Ich hatte kein Bock auf Taxifahren, und habe einen richtigen Beruf gelernt. Quatsch. Ich war einfach zu blöd.

Doch wir waren beim über die Straße schlurfen stehen geblieben. Bei Rot! Der gesenkte Blick dieser potentiell selbstmordgefährdeten gilt nämlich hierbei nicht den Schlaglöchern in unseren Straßen, sondern vielmehr dem verschissenen Display ihres Smartphones. Und mit dem gesenkten Blick eben auch die gesamte Aufmerksamkeit. Vermutlich wird schon bald von einer neuen Volkskrankheit die Rede sein: dem überdehnten Nacken. Ich weiß nicht, was die den ganzen Tag da kucken. Börsenkurse? Kochrezepte? Straßenverkehrsordnung? Keine Ahnung. Aber heute Vormittag wäre mir beinahe wieder so ein Honk auf der Kühlerhaube gelandet. Mit einer beherzten Vollbremsung konnte ich so gerade noch verhindern, mir in diesem Internetz einen neuen Stern zu bestellen. Ja nun. Die Dinger kosten mit Versand jedes Mal fast sechzehn Ocken. Und nach einer solch beherzten Vollbremsung muss man als Fahrer auch schon mal in Kauf nehmen, daß einem Wackel-Dackel und umhäkelte Klo-Rolle von hinten knapp am Kopf vorbei innen an die Windschutzscheibe klopft. Bei etwaig eingeschränkten Verkehrsteilnehmern weisen ja gerne drei schwarze Punkte auf eine bestehende Sehschwäche hin. Da kann man sich als Autofahrer ja noch halbwegs vernünftig drauf einstellen. Mein Vorschlag wäre also, den Dauerkonsumenten irgendwelcher nonverbalen Kommunikationsforen für alle Verkehrsteilnehmer gut sichtbare Armbinden zu verpassen, auf denen drei Mobiltelefone abgebildet sind.

Für uns Autofahrer ist ja selbst das fetteste Hupen in solchen Situationen absolut sinnfrei, denn neben dem starren, abwesenden Blick auf ihr Telefon haben diese Rentenzahler in spe ja zu allem Überfluss auch noch irgendwelche Knöppe in den Ohren oder Lautsprecher aufm Kopp, die jeder damaligen Schneider-Anlage zur Ehre gereicht hätten. Dumm nur, daß diese Regal-Boxen die Wirkung akustischer Warnsignale aller Art ungehört verpuffen lassen. Sollte doch einmal durch die Kakophonie der Dauerberieselung ein Außengeräusch in die Hörmuschel dringen, schauen diese für mich fremdartigen Wesen einen an, als hätte man sie beim Stuhlgang gestört. Aber nachdem sie als Kuh wiedergeboren wurden. Unglaublich!! In meiner Jugend, die so Mitte der achtziger Jahre im vorherigen Jahrhundert begann, und ja an und für sich noch in vollem Gange ist, war sowas doch überhaupt nicht möglich.

Wer hatte schon Bock, mit `nem fünfhundert Gramm schweren Telefonapparello aus Bakelit durch die Straßen zu ziehen und permanent auf die Wählscheibe zu glotzen?! Vor allem hörtest Du ja nix. Es sei denn, das Kabel von der Telefonbuchse war lang genug…

Lustig finde ich auch, wenn mir jemand von diesen Patienten als Fußgänger entgegenkommt, und plötzlich mit irgendwem spricht, obwohl weit und breit niemand zu sehen ist. Dann quatschen die wohl irgendwie in ein für mich unsichtbares Mikrofon und telefonieren. Ich denke aber immer, der Fußgänger will was von mir. Solche Vögel hätten sie doch früher direkt weggesperrt.

Heute laufen die frei rum und wenn man nicht aufpasst, direkt vor meine Karre.

Na ja. Bis jetzt ist es immer gut gegangen. Und falls mein Reaktionsvermögen dann doch nach Beendigung meiner Jugend nachlassen sollte und ich die Bremse irgendwann nicht mehr rechtzeitig finde: die haben doch bestimmt auch `ne App vom Krankenwagen auf ihrem Apparello gespeichert...

In diesem Sinne: Augen auf beim Gurkenkauf.

Postzustellung

Sensationen, Sensationen. Und in den Pausen Wunder. Oder anders ausgedrückt: manchmal kann man gar nicht so viel essen, wie man kotzen möchte.

Dabei will ich mich ja überhaupt nicht ständig über irgendwelche Lappalien aufregen. Vermutlich ist es dem Zustand meines geschundenen Herzens und meiner gesundheitlichen Verfassung auch nicht wirklich zuträglich. Aber ich muss einfach. Es geht nicht anders. Wobei ich manchmal denke, daß es unmöglich nur mir so gehen kann. Dennoch überkommt mich in letzter Zeit immer häufiger das Gefühl, von Deppen umzingelt zu sein.

Aktuell umzingeln mich die Mitarbeiter der gefühlt dreißigtausend verschiedenen Zustellbetriebe, die täglich bei uns aufschlagen. Oder besser: aufschlagen sollten. Jeder verschissene Brief wird heute scheinbar von einem anderen Briefträger, oder besser, Brieffahrer zugestellt. Bei den Warensendungen, also den Päckchen und Paketen ist es nicht besser. Im Gegenteil. Was soll das sein?! Klimafreundlich?! Kundenorientiert?!

Das ist Vollschrott, würde ich sagen. Die Typen kommen nämlich auch alle zu unterschiedlichen Tages- und Nachtzeiten. Zumindest wenn sie kommen. Und sie kommen manchmal am nächsten Tag scheinbar nicht mehr zur Arbeit. Dann kommt halt ein anderer. Und der kommt oft mit der Situation vor Ort nicht klar. Die nun eigentlich nicht so schwierig ist.

Als ich ein junger Dachs war, mit Eierschalenresten hinter den Ohren, gab es von diesen Vögeln genau ein einziges Unternehmen. Man nannte es Post. Der immer gleiche Postbote trug sogar eine Uniform. Mit Schirmmütze. Wie Pitje Puck, Held junger

Lesestunden mit Taschenlampe unter Bettdecken. Ja nun...
Pornhub gab es schließlich noch nicht. Aber dafür braucht der
heranwachsende ja auch keine Taschenlampe.

Aber ich schweife wie so oft ab. Ein weiterer prominenter Vertreter der Zustell-Zunft war nämlich Walter Sparbier vom großen Preis. Wer kennt ihn nicht, den lustigen Postillion in seiner
Uniform aus dem neunzehnten Jahrhundert als Gast von Wim
Tölke?!

So ab zwölf-, ein Uhr Mittag sah man unseren Briefträger in
meiner Kindheit meist ohne Mütze. Um die Zeit hatte der
Knabe nämlich wohl schon so viele Schnäpschen von seinen
meist weiblichen Kunden eingeschenkt bekommen, daß er die
blaue Kappe hin und wieder schlicht auf dem Küchentisch der
einen oder anderen Dame liegen ließ. Und nach seiner Pünkt-
lichkeit konnte man trotz- oder vielleicht auch gerade wegen des
täglichen Alkoholkonsums die Uhr stellen. Nie ging ein Brief
flöten. Oder auch nur eine popelige Urlaubskarte. Nie. Gerade
bei diesen Grüßen aus nahen oder fernen Ländern hatte sich unser Zusteller einen besonderen Service für seine Kunden einfal-
len lassen. Er ließ nämlich bei Übergabe der Urlaubskarte gerne
gegenüber der verdutzten Empfängerin verlauten: „Brauchen se
gar nich lesen. Allet wie immer. Wetter und Essen gut. Unter-
kunft sauber." Der Postbote von damals kannte jeden in seinem
Bezirk. Jeden. Und wenn damals ein älterer Herr oder eine ältere
Dame für zwei Wochen im Urlaub weilte, war „unser" Postbote eingeweiht. Wenn jemand aber mal unplanmäßig für längere
Zeit nicht da war und der Postzusteller war nicht eingeweiht,
dann stimmte etwas nicht und die Nachbarn wurden befragt.
Dafür haben wir heute eben mehr mit Fundleichen zu tun...

Aber ich schweife schon wieder ab. Nun. Zur Sache. Privat bestellen wir ja kaum noch im Internet. Nicht, weil die Waren so schlecht wären oder wir dem Konsumrausch dauerhaft die Stirn bieten wollten. Nein. Vielmehr ist es die Zustellung, die in acht von zehn Fällen schlicht ungenügend ist. Wenn sie überhaupt stattfindet! Beispiel gefällig?!

Vor einigen Wochen suchten wir mit der kompletten Firma nach einer wichtigen Sendung, die angeblich durch unseren ansonsten äußerst zuverlässigen Lieferanten längst zugestellt worden sei. Einzig das Teil in seiner schmucken Kartonage ließ sich nirgends finden. Obwohl uns auf Nachfrage versichert wurde, daß die Zustellung an den von uns hinterlegten Ort erfolgt wurde. Einer speziell zu diesem Zweck angeschafften, großen Kunststoff-Box. Mit Zahlenschloss, dessen Nummer sämtliche Zusteller und wir kannten. Ganz schön trickreich der Bursche, was?! Nun. Wir reklamierten beim Hersteller, machten in deren Betrieb ebenfalls alle bekloppt und unser freundlicher Lieferant sendete schließlich auf seine Kosten den dringend benötigten Artikel noch einmal an uns. Als wir dann am darauffolgenden Donnerstag unseren blauen Altpapier-Container vom Betriebsgelände auf die Straße rollen wollten, drückte ich noch einmal die Pappe nach. Dabei stieß ich auf einen Karton, der wieder mal nicht zerkleinert wurde und somit unnötig Platz wegnahm. „Die Kollegen raffen es einfach nicht", dachte ich noch so bei mir. Als ich das Teil aber endlich aus dem Wust von Pappe hervorgepopelt hatte, war es was?! Richtig. Sie ahnten es bereits. Es war die hinterlegte Sendung, die alle wie bekloppt gesucht hatten. Der Zusteller, im Hauptberuf vermutlich Physiker oder Meeresbiologe hatte seinerzeit den Karton schön in dem blauen Altpapier-Container hinterlegt. Weil er von uns niemanden angetroffen hatte. Muss man auch erstmal drauf kommen... Zumindest war das Päckchen sehr gut getarnt. Das hätte kein Unbefugter je gefunden.

'Tschuldigung übrigens, liebe Zusteller, daß ich kein Bock habe, bis um 22:00 Uhr auf euer Erscheinen zu warten. Ja, das ist töricht von mir. Fast dreist. Wie kann jemand, der eine Lieferung erwartet, in der angedachten Lieferwoche das Haus verlassen? Dann muss man sich auch nicht wundern, wenn man die bestellten Waren sonst wo abholen kann.

Noch ein Beispiel gefällig?! Unser Büro ist postalisch nicht da, wo sich unser Lager befindet. Bestellen wir Büromaterial, wird es trotz ausdrücklich anderslautender Anschrift ans Lager geliefert. Völlig andere Straße. Völlig andere Hausnummer. Völlig andere Gegend. Ist halt bequemer für den Fahrer, nehmen wir an. Und bestellen wir Ware fürs Lager, kommt die hin und wieder trotz anderslautender Anschrift im Büro an. DIN-A4- Hinweise an den Türen haben nix gebracht. Also schleppen wir in regelmäßigen Abständen Kisten voll Ködermittel, Leihstahlflaschen, frankierte Briefumschläge, Kopierpapier und andere lustigen Dinge von A nach B und von B nach A. Ja nun. Bevormundungen jedweder Art sind wir in diesem schönen, neuen Land ja mittlerweile gewöhnt. Aber, daß man jetzt schon der völligen Laune und Willkür von Paketzustellern ausgesetzt ist, verwundert doch schon ein wenig. Zwischenzeitlich haben wir klein beigegeben in dem wir Abhilfe geschaffen haben. Wir sind mit dem kompletten Lagerbereich zu unserem Büro gezogen.

Besondere Spezialisten scheinen übrigens unserer Erfahrung nach in einem Zustelldienst zu arbeiten, der ähnlich klingt wie eine Viruserkrankung, die kleine Bläschen häufig im Lippenbereich zur Folge hat. Nur mit m statt p.

Egal. In jedem Fall haben wir trotz besseren Wissens privat am Wochenende mal wieder seit langer Zeit etwas online bestellt. Große Pflanzgefäße aus glasiertem Ton. Ziemlich schwer. Ziemlich schön. Ziemlich günstig. Gerade haben wir die beiden Pakete von der Nachbarin abgeholt. Dort waren sie abgestellt worden. Das eine Paket brauchten wir nicht öffnen. Vermutlich ist dort ein Puzzle drin gewesen. Und zwar ein Scherben-Puzzle aus glasiertem Ton. Tausend Teile. Da sich in dem zweiten Karton das identische Gefäß befand, konnten wir sehen, wie sicher und gut das ganze Produkt herstellerseits eingepackt wurde. Und trotzdem haben die Liefer-Experten es geschafft, einen der beiden Kartons trotz entsprechender zahlreicher leuchtend-oranger Sicherheitshinweise auf der Verpackung komplett zu schrotten. Hut ab. Oder besser: Hut auf.

Denn wir konnten jetzt mit der Scheiße wieder durch die Gegend fahren, um eine Abgabestelle zum Rückversand zu finden. Na ja. Vielleicht wird es ja besser, wenn der Zusteller für seine Leistung in etwa so viel verdienen wird wie ein Herzklappen-Chirurg. Und wir für den Versand in etwa so viel Kohle abdrücken müssen wie für einen Kleinwagen. Erste Überlegungen laufen ja bereits. Premium-Segment, sag ich nur…

Bei uns befindet sich die Post übrigens in diesen modernen Zeiten in einer EDEKA-Filiale, da aus dem ursprünglichen kleinen Postamt nun eine Shisha-Bar geworden ist. Das mit EDEKA ist eine wirklich praktische Lösung. Denn so können wir beim Abgeben der Retoure direkt noch eine Flasche Obstler kaufen…

…nur für den Fall, daß unser alter Postbote mit der Schirm-mütze doch noch mal zurückkommen sollte. Oder wenigstens Walter Sparbier.

Parasiten

Einmalig. Da sitze ich als bekennender EDV-Legastheniker nichtsahnend für eine Recherche zu einem Vortrag über Ektoparasiten vor meinem heimischen Rechner und stoße im Zuge dessen zufällig auf einen Artikel, der mir unweigerlich schon wieder die Halsschlagadern anschwellen lässt. Und zwar in Größe von Gardena-Schläuchen. Doppelt.

In dem vor mir auf dem Bildschirm geöffneten Artikel geht es um eine bisher kaum von der breiten Öffentlichkeit wahrgenommenen Riesen-Sauerei. Und zwar in Form von Tierquälerei bisher noch nicht genau abschätzbaren Ausmaßes. Es gibt Dinge, die kann man nicht länger totschweigen. Bisher hat genau das die breite Masse ja getan. Aber das wird sich nun wohl hoffentlich ändern. Denn so kann es unmöglich weitergehen. Es muss eine Lobby für diese armen, geschundenen Kreaturen geschaffen werden. Sofort!

Worin es in dem besagten Artikel geht?! Es geht um den Flohzirkus. Genauer gesagt um die Protagonisten des Flohzirkus. Noch genauer gesagt: um die Artisten, die Tag für Tag ihre atemberaubenden und halsbrecherischen-, ach, watt sach ich: lebensgefährlichen circensischen Darbietungen gezwungenermaßen vorführen müssen! Ja nun. Das sind wichtige Themen. Da muss reguliert werden. Vor allem unter dem Aspekt, dass es von dieser jahrhundertealten Form der Unterhaltung nur noch ganz wenige Unternehmen gibt, die mit ihren kleinen fahrbaren Manegen umherreisen. Immerhin macht so etwas die Sache ja auch für die Regulierenden übersichtlicher.

Warum ich hierüber schreibe?! Weil die Kernaussage des von mir gefundenen Artikels darin besteht, dass die von den Flöhen vorgeführten Kunststückchen nach Einschätzung des bayerischen Landesverbandes des Deutschen Tierschutzbundes nicht artgerecht seien! Mehr noch. Man geht sogar davon aus, dass der Floh unter Stress leidet, wenn er in der Manege stünde. Da fliegt einem doch als klargeschaltetem Menschen, der aus einer fernen, analogen Zeit stammt direkt der Draht aus dem Zylinder.

Natürlich habe ich mich erstmal vergewissert, ob der Artikel als Datum den ersten April aufweise. Tat er aber nicht. Auch die neckische Karnevalszeit war fern. Mit anderen Worten: die meinen das Ernst!

Die erste Frage, die sich mir hierbei unweigerlich stellt ist natürlich: wie messen die den Stressfaktor bei Zirkus-Flöhen? Ist es neulich einem dieser von finster dreinblickenden Zirkusdirektoren ausgebeuteten Artisten gelungen, aus dem Zirkus-Zelt zu flüchten?! Und hat diese Floh-Artistin dann bei der Sprecherin des Tierschutzbundes an der Tür geklopft um anschließend elegant-lasziv auf den Schreibtisch zu hüpfen, und der Tierschützerin mit einem tränenerstickten Wimpern-klimpern ihr Leid geklagt?!

Übrigens- und jetzt kommt auch noch das Gleichstellungsgesetz ins Spiel und somit die ganz große Politik: es werden grundsätzlich nur weibliche Flöhe zu Artisten ausgebildet! Die weiblichen Flöhe sind größer und belastbarer. Die männlichen Flöhe müssen dafür vermutlich nach unbestätigter Einschätzung Karten abreißen. Oder den Gästen im Halbdunkel des Zirkuszeltes mit einer schweren Taschenlampe ihre Sitze zuweisen. Oder in der Pause Popcorn und Cola verkaufen. Man weiß es nicht genau…

Natürlich ist es für einen Floh nicht artgerecht, beispielsweise eine zwei Zentimeter große Kutsche zu ziehen. Und natürlich ist es mit Stress verbunden, wenn man im gleißenden Scheinwerferlicht von wild applaudierenden Menschenmassen bejubelt wird. Hinzu kommt das ständige Reisen von einer Stadt in die Nächste. Das Leben aus dem Koffer. Und dann erst diese ganzen Interview-Anfragen nach den Vorstellungen...

Aber mal im Ernst: die Typen vom bayerischen Landesverband des Deutschen Tierschutzbundes sollten mich mal fragen, was ich als selbständig denkendes Wesen für einen Stress ausgesetzt bin, wenn ich solch eine gequirlte Scheiße lesen muss! Das ist doch auch kein Zuckerschlecken. Da renn ich doch auch nicht gleich nach Amnesty. Ich kompensiere das lieber in meinem Buch, um nicht irgendwann mit der Flasche Antifloh Amok zu laufen.

So. Genug aufgeregt. Es ist spät geworden. Jetzt lege ich mich ins Bett. Solange das noch geht. Wenn die Hardcore-Tierschützer nämlich erstmal rausgefunden haben, was für ein Stress es für die Hausstaubmilbe bedeutet, wenn wir uns auf die Matratze hauen, müssen wir vermutlich alle im stehen pennen...

Taubenabwehr

Manche Dinge im Leben, aber auch in unserem wundervollen beruflichen Alltag sind ja nun wirklich zum Haare raufen. So hat sich die treusorgende Gattin daheim längst an meine Ankündigung „Spatzl, Du brauchst heute mit dem Essen nicht warten, ich fahre nachher noch mit den Kollegen in`n Puff" gewöhnt. Nämlich immer dann, wenn der monatliche Service-Termin in einem großen Bordell fällig ist. Und da im Laufe der Zeit zu dem sehr freundlichen und netten Betreiber-Ehepaar eine fast schon freundschaftliche Beziehung entstanden ist, wird dieser Auftrag hin und wieder zur Chefsache erklärt.

Doch auch meine gelegentlichen Erzählungen am Esszimmertisch nach Arbeitseinsätzen und hiermit verbundenen Maßnahmen in Fundleichen-Wohnungen, bei denen wir mal wieder vier Pfund Dickes auf'm Teppich vorgefunden haben, nimmt sie mittlerweile um einiges gelassener hin als noch am Anfang unserer Beziehung. Nun. Man wächst halt in manche Dinge hinein…

Aber was in der letzten Woche hier bei uns los war, hätte sich in normalen Beziehungen, wo der Mann einer neudeutsch so genannten „eight-to-five"-Tätigkeit nachgeht, leicht zu einer ausgewachsenen Ehekrise entwickeln können…

Und zwar zu Recht!

Nun. Was war passiert?! Hierzu muss ich ein wenig ausholen. Vor einigen Monaten stellten wir fest, daß eine durch uns installierte niegel-nagel-neue elektrische Taubenabwehranlage aus einigen Bereichen der verlegten Kunststoff-Bahnen Funken sprühte. In einem ohnehin extrem trockenen Sommer natürlich der Super-Gau in jeder Firma. Aber wir hatten ja sonst nix zu tun. Zum Beispiel mit dem in diesem Jahr vorherrschenden Wespenwahnsinn...

Wie dem auch sei, beauftragte ich zunächst einmal einen gerichtlich vereidigten, unabhängigen Sachverständigen, der unsere Installation quasi auf Herz und Nieren genauestens über- prüfen sollte. Sofern unsere Arbeit keine Fehler aufwies, wollte ich mich mit dem Sachverständigen-Gutachten im nächsten Schritt an die im Ausland sitzende Herstellerfirma dieses sehr zu empfehlenden Systems wenden, um zu beraten, wie weiter vorzugehen sei.

Aber warum so umständlich?! Weil sich ohne ein Sachverstän- digengutachten vermutlich die Herstellerfirma der einzelnen Komponenten von der Sache nichts angenommen hätte, da man von einer fehlerhaften Installation unsererseits ausgegangen wäre. Oder uns diese zumindest versucht hätte, in die Schuhe zu schieben. Man kennt ja mittlerweile die Regeln in dem Spiel als Unternehmer. Und man lernt im Laufe der Jahre durchaus dazu. In manchen Fällen zumindest...

Nun. Der Sachverständige bescheinigte uns eine fehlerfreie und vorbildliche Installation, was sich der geneigte Leser vermutlich schon gedacht hat. Denn ansonsten hätte ich dieses Ereignis hier sicherlich nicht veröffentlicht und über diese kleine Geschich- te für immer das Blausiegel der Verschwiegenheit geklebt. Aber da wir ohne Schuld waren, kann ich munter weiter aus dem Nähkästchen plaudern.

Also, wie dem auch sei, ging alles seinen Weg und man zeigte sich seitens der Herstellerfirma aufgrund des vorgelegten Gutachtens überaus kooperativ. Immerhin gaben wir klar zu verstehen, daß durch überspringende Funken auf irgendwelches staubtrockene Laub oder Geäst die Geschichte schlimmer hätte ausgehen können. Viel schlimmer…Ist sie zum Glück aber nicht. Egal. In jedem Fall waren meine Frau und ich in der letzten Woche essen. Und durch Zufall treffen wir in dem Restaurante unseres Vertrauens Bekannte von uns.

Uwe und seine Frau. Zunächst wurden die üblichen Floskeln ausgetauscht, bis Uwe mir dann eröffnete: „Übrigens habe ich dich vor zwei, drei Wochen bei uns schräg gegenüber auf ´nem Dach gesehen. Habt Ihr ´ne neue Mitarbeiterin?!"

„Warum? Wie kommst du darauf?" fragte ich etwas perplex.

„Ja da ist doch ´ne Frau mit auf dem Dach gewesen."

„Aber garantiert nicht," gab ich im Brustton der Überzeugung zurück.

„Ey Voller. Ich bin doch nicht blind."

Langsam wurde aus meinem Spatzl ein Spitzel, denn sie lauschte aufmerksam Uwes weiteren Ausführungen. Dabei änderte sich ihr Blick ganz allmählich so, daß ich mich in unmittelbarer Gefahr wähnte, ohne eine Schuld zu erkennen. Es kam, wie es kommen musste:

„Da hast du mir ja überhaupt nix von gesagt. Und?! Sieht die Neue wenigstens gut aus? Bestimmt um einiges jünger als ich!" mischte sich nun meine Frau ein.

„Was ist mit euch los?? Wir haben bei uns nur die Damen im Büro und eine Putzkraft. Aber von denen kommt doch keine mit aufs Dach. Wenn ich euch sage, wir haben keine Frau im Außendienst, dann könnt ihr mir das glauben. Das müsste ich ja wohl am ehesten wissen…"

Doch mein bis dahin guter Bekannter Uwe blieb dabei.

„Ey Skor. Ich hab´ Euch doch selbst gesehen. Außerdem habe ich Moni noch ans Fenster gerufen."

Nun schaltete sich auch noch Uwes Frau Monika ein.

„Ja klar. Du hast da zusammen mit einer Frau mit so längeren Haaren gestanden."

Plötzlich ging mir ein Licht auf, als wenn mich die Erleuchtung höchstpersönlich heimgesucht hätte. Nun ahnte ich, was die beiden da auf dem Dach gesehen haben mussten. Es handelte sich um einen in unserer Branche recht bekannten Sachverständigen, der für seine üppige, lange Haarpracht im In- und Ausland bekannt ist.

Somit konnte ich die Angelegenheit doch recht schnell aufklären...

Aus datenschutzrechtlichen Gründen darf ich hier natürlich nicht preisgeben, um wen genau es sich bei dem Sachverständigen gehandelt hat.

Nur so viel sei verraten: Dieser Gutachter hat mein karges Leben um eine weitere Episode bereichert...

Besuch

Zuweilen kommt es in der kleinen Kammerjägerei am Waldesrand vor, daß wir von Hausverwaltungen oder schlimmer: Angehörigen beauftragt werden, uns weniger delikaten Dingen des Lebens anzunehmen. Es geht um Desinfektionen und Geruchsbekämpfungen, aber auch Maßnahmen gegen Schädlingsbefall in Objekten, wo eine Leiche gefunden wurde. Und zwar eine Leiche, die schon etwas länger gelegen hat. Intern sprechen wir in solchen Fällen von „Fundleichen".

Nun. Zu Beginn meiner beruflichen Laufbahn als Schädlingsbekämpfer beziehungsweise in diesen Fällen übergreifend als Desinfektor waren Einsätze dergestalt, daß irgendwo jemand acht Wochen in seiner Bude vor sich hingammelte, eher exotischer Natur. Solche Fälle kamen einfach nicht häufig genug in unserem Arbeitsalltag vor, als das sich eine Art Routine hätte einschleichen können. Heutzutage sieht das etwas anders aus. Zwar werden wir nicht gerade täglich mit solchen morbiden Angelegenheiten konfrontiert, aber doch mindestens einmal im Monat.

Es mag viele Gründe geben, warum die Häufigkeit solcher Fälle zugenommen hat. Einer findet sich sicherlich in dem Umstand wieder, daß wir einfach im Laufe der Jahre einen höheren Bekanntheitsgrad und somit auch einen höheren Kundenstamm vorweisen können. Somit kommen natürlich auch viel mehr potentielle Auftraggeber für sämtliche Arbeiten in Frage. Und somit erhöht sich auch die Wahrscheinlichkeit, zu einer Fundleichenwohnung gerufen zu werden. Doch diese Begründung allein würde die Angelegenheit meiner Meinung nach zu einfach erscheinen lassen.

Wenn man sich vorstellt, das ein Mensch sechs-, acht-, zwölf- oder noch mehr Wochen tot in seiner Behausung gelegen hat, bevor er entdeckt wurde, kann man sich ebenfalls vorstellen, über wie viele soziale Kontakte dieser Mensch zu Lebzeiten verfügt haben muss und wie hoch die Anzahl von Mitmenschen war, die diesen bedauernswerten Erdenbürger nach seinem Ableben tatsächlich vermisst haben.

Die meisten dieser tragischen Fälle ereignen sich tatsächlich in ganz normalen Mehrfamilienhäusern. Aus welchen Gründen auch immer scheinen hier ungeachtet der gerade im Sommer doch recht starken Geruchsentwicklungen, meist einhergehend mit einem sehr hohen Fliegenaufkommen die Mitbewohner nichts von dem dauerhaften Verschwinden eines ihrer Nachbarn zu bemerken. Für mich persönlich eigentlich kaum vorstellbar. Gut. In meiner Kindheit wurde die Post noch von immer dem gleichen Postboten ausgeliefert. Herr Tölle kannte jeden einzelnen Bewohner in seinem Bezirk und wusste gut Bescheid. Immerhin bekam er ja häufiger mal am Küchentisch „einen Kurzen" eingeschenkt. So hatte die alleinlebende ältere Witwe wenigstens hin und wieder jemanden zum Quatschen. Allerdings mit dem Ergebnis, daß der gute Herr Tölle manchmal schon am frühen Mittag ziemlichen Schlagseite aufwies. Denn in unserer Siedlung wohnten viele alleinlebende Witwen. Aber das wäre eine andere Geschichte. Nichts destotrotz wusste der lustige Postillion in seiner schmucken Uniform, wenn irgendwer aus seinem Bestand für eine Zeit verreist war oder sonst wie abwesend schien. Ebenso verhielt es sich mit dem Fahrer der Paketpost. Von den Nachbarn im selben Haus ganz zu schweigen. Heute ist eben alles von einer großen Anonymität gekennzeichnet. Soziale Kontrolle findet kaum mehr statt.

Die Kinder wohnen in weit entfernten Ländern oder Städten, um ihrem gut bezahlten Job nachzugehen. Und bei den Herren von der Post muss man heute schon froh sein, wenn sie den Briefkasten von der blauen Tonne unterscheiden können, aus der wir unsere Briefe hin und wieder fischen müssen.

Doch ich schweife wie so oft ab.

Wenn wir zu Fundleichen gerufen werden, dann fahren in unserem Betrieb stets zwei Techniker gemeinsam zum Einsatzort. Immerhin können sich die betreffenden Kollegen im Anschluss miteinander austauschen und somit die nicht immer lustigen Erlebnisse im gemeinsamen Gespräch verarbeiten. Zumindest funktioniert das besser, als wenn man daheim der Gattin am festlich gedeckten Esstisch von den Tätigkeiten berichtet.

„Na Schatz, wie war dein Tag heute?!"

„Och ganz gut. Erst hatten wir zweimal Schaben, dann sind wir noch Ratten bekämpfen gewesen und vorhin habe ich vier Pfund Dickes vom Teppich gekratzt."

Das muss nicht sein. Ja nun. Das hier beschriebene Erlebnis spielte sich mal wieder an einem Tag ab, an dem sich der Verstorbene wie so oft den Zeitraum seiner Entdeckung offenbar nicht ausgesucht hatte. Sie fiel einmal mehr mitten in die Hochsaison unserer Branche. Und die ist bei uns immer dann, wenn die Wespen unterwegs sind. Oder anders ausgedrückt: zu dieser Zeit sterben die Leute wie die Fliegen… In jedem Fall wurden wir an diesem Spätsommertag zu einem Objekt gerufen, indem ein älterer Herr nach mehreren Wochen tot in seiner Wohnung aufgefunden wurde.

Zum Glück kommen vor uns neben Polizei und Arzt die Bestatter, um die gröbsten Teile mitzunehmen. Aber wenn jemand acht Wochen mit dem Kopp auf Laminatboden liegt, dann kann man sich vorstellen, daß die eine oder andere Körperstelle kleben bleibt. Zur Ehrenrettung der Bestatter ist es nach entsprechender mehrwöchiger Liegezeit des Kunden kaum praktizierbar, daß der eine Mitarbeiter des Bestattungsunternehmens dem anderen Kollegen zuruft: „Komm hier, Karl-Heinz. Du anne Beine, ich nehm ihn anne Arme und dann ab in den Sack." Das geht irgendwie anders von statten, ohne auf Details eingehen zu wollen.

Zu unserer Aufgabe gehört es in solchen Fällen, etwaige pathogene Keime zu inaktivieren und die zahlreichen Insekten zu bekämpfen, die sich bei entsprechenden Temperaturen und gekippten Fenstern recht schnell nach dem Tod am Leichnam einfinden. Ferner gehört zu dieser Aufgabe auch zwingend die Beseitigung des Nährsubstrats, also in den Fällen der Fundleichen das Entfernen der Überreste.

In jedem Fall waren an besagtem Freitag alle Mitarbeiter aufgrund der bereits erwähnten Wespen-Saison im Einsatz. Die Damen im Büro konnten allerdings meinen langjährigen und erfahrenen Kollegen Ingo terminlich freischaufeln. Also trafen sich Ingo und ich vor besagtem Objekt. Der Termin kam mir eigentlich sogar ganz gelegen, da ich ohnehin für meine zweite Tätigkeit an einer kleinen, aber feinen Bildungsreinrichtung für angehende Schädlingsbekämpfer eine neue Präsentation in Bezug auf genau diese Arbeiten erstellen wollte. Dumm nur, daß mein Kollege just an diesem Tage anschließend noch eine Begehung als Festtermin in seinem Kalender eingetragen hatte. Und zwar in einer Konditorei…

Die betroffene Wohnung in dem schlichten Sechs-Parteien-Haus befand sich zu unserem völligen Unverständnis im Erdgeschoss direkt neben der Hauseingangstür. Also in dem Gebäudeteil, wo jeden Tag sämtliche anderen Bewohner mindestens einmal vorbeilatschen müssen. Und keinem ist etwas aufgefallen bei einer Liegezeit von über acht Wochen, überquellendem Briefkasten und heftigen Geruchsattacken... Unvorstellbar!

Bevor wir solche Wohneinheiten betreten, hüllen wir uns zunächst im Hausflur vor der Tür in unsere Schutzanzüge und ziehen anschließend unsere Vollmaske drüber. Würde man sich erst in der Wohnung seine persönliche Schutzausrüstung anlegen, haften die lustigen Geruchsmoleküle sofort an den Textilien der Kleidung und setzen sich irgendwie nicht nur in der Kleidung, sondern vor allem im Hirn fest. So kann es vorkommen, daß man sich bei der Rückfahrt nach Hause erstaunt umdreht, weil die Vermutung naheliegt, man hätte sich aufgrund der immer noch festzustellenden, heftigen Gerüche etwas von der Fundleiche in den Kofferraum gepackt. Insofern ist verständlich, daß wir bereits beim Einstecken des Schlüssels in das Schloss der entsprechenden Wohneinheit unsere Masken aufgesetzt haben.

Die Wohnung selbst sah wie so oft chaotisch aus. Langsam stiegen wir über das herumliegende Inventar und hielten nach der Auffindstelle der Leiche Ausschau. „Ey Voller. Der Kühlschrank is noch an. Wat is mit Mett-Brötchen?!" Plötzlich entdeckte ich den halbrunden Haarkranz auf dem Linoleum, der zusammen mit der Kopfhaut auf dem Bodenbelag klebte.

„Ey. Ingo. Kannz den Kühlschrank zulassen. Hier hasse dein Mett. Fehlen nur noch die Brötchen."

Das Ganze mag auf den Außenstehenden vielleicht etwas pietätlos wirken. Ist es vermutlich auch. Aber während unserer Ausbildung oder sonst irgendwann hat uns niemand erklärt, wie wir mit diesen Erlebnissen umzugehen haben und wie wir sie am besten verarbeiten können, obwohl diese Fälle stets zunehmen. Insofern kompensieren wir diese Einsätze häufig durch entsprechenden Galgenhumor. Das hilft uns, um erlebte Extremsituationen nicht zu nahe an uns herankommen zu lassen.

„Pass auf, Ingo. Ich mach jetz hier alleine weiter. Und dann kannst du abhauen. Ich kratze den Typ dann schon vom Parkett. Fahr Du in die Konditorei. Kuchen statt Kopfhaut."

Gesagt, getan. Immerhin war es Freitag-Nachmittag und wir wollten irgendwann ins Wochenende. Also holte ich aus unserer mitgeführten Alu-Box einen breiten Spachtel, während Ingo sich von mir verabschiedete. Mühsam kratzte ich die Kopfhaut samt Haarkranz vom Boden und packte die Masse in einen verschließbaren Eimer. Hierbei bedienen wir uns einiger spezieller Reiniger und Löser, da die festgeklebten Reste nicht so einfach zu lösen sind. Eine wundervolle Aufgabe, bei der man am besten seinem eigenen Gehirn vorgaukelt, man kratzt keinen fremden Kopp vom Parkett, sondern pflückt im Morgentau auf einer grünen Aue ein paar Gänseblümchen. Wer es kann… Ich nicht.

Irgendwann hatte ich es dann doch geschafft und auf dem Boden hätte man Operationen durchführen können. Gut. Der Rest der Bude sah eher nicht so aus wie ein OP, aber was solls?! Jetzt noch schnell die Schutzkleidung ausgezogen und die dreckigen Instrumente ins Lager gefahren, ab nach Hause. Wochenende.

Als ich Zuhause ankam, wartete bereits meine Frau auf mich. Die Begrüßung fiel recht kurz aus, denn mich übermannte das zwingende, aber vielleicht nachvollziehbare Bedürfnis, erstmal ausgiebig duschen zu gehen.

„Hey, Spatzl. Mach aber nicht zu lange. Die Gemmers kommen gleich." Jau. Das hatte ich überhaupt nicht mehr auf dem Schirm. Wir hatten Freunde zum Essen eingeladen. Als ich unter der Dusche so an mir heruntersah, schossen mir zwei Fragen durch den Kopf: Warum kommen Freunde immer dann, wenn man gerade so überhaupt nicht in Stimmung ist? Und warum nennt mich meine Frau aufgrund dieses mit den Jahren doch etwas außer Form geratenen adipösen Körpers immer noch „Spatzl"? Vermutlich, weil Elefäntchen irgendwie scheiße klingen würde.

Egal. In jedem Fall machte ich mich fertig und sah auf dem Esstisch bereits die Bescherung stehen: das Raclette-Gerät! Ich ahnte schreckliches. Als die Freunde dann eintrafen und wir am Tisch saßen, um uns den Freuden des gemeinsamen Essens hinzugeben, musste ich nach kurzer Zeit mit meinem kleinen Kunststoff-Spachtel den Käse in dem Pfännchen zusammen-kratzen. Und jetzt raten Sie mal, wie sich das angefühlt hat…

Richtig! Also entschuldigte ich mich, nahm mir eine Flasche Bier und setzte mich ganz alleine auf unsere Terrasse. Dabei schaute ich etwas entrückt auf unseren Rasen und stellte mir vor, es wäre eine Blumenwiese im Morgentau.

Andere Berufe sind auch scheiße.

Pommesbude

„Wer is der Nächste?!"

„Ich hätte gerne zweimal Pommes-Currywurst. Mit Mayonnaise bitte."

„Zweima Curry-Pommes-Mayo. Wird gemacht, junger Mann. Kommt sofort."

Schließlich haben auch Kammerjäger irgendwann mal Feierabend. Und nicht immer Lust zu kochen. Und unter dem Aspekt, daß es manchmal einfach schnell gehen muss, dies aber meist nicht tut, darf es auch mal die Pommes-Bude an der Ecke sein.

So weit, so gut. Zeit, sich während Wartevorgangs in dem wundervollen Imbiss-Betrieb meines Vertrauens einmal näher umzusehen. Sie kennen das sicherlich, liebe Leser. Irgendwie hat man einen speziellen Blick für bestimmte Dinge entwickelt... und meiner streift gerade über die graugelbe Rückfront der Fritteusen, um an den etwas speckigen Dreh-Knöpfen der einst chromfarbenen Armaturen hängen zu bleiben. Die Erfahrung hat mich gelehrt, jetzt besser innezuhalten und an wundervollere Dinge zu denken als an meine beruflichen Erfahrungen in diesen lukullischen Oasen des Ruhrgebiets. Rot-Weiss Essen zum Beispiel. Obwohl... Lieber doch an was anderes. Sagen wir: meine Frau. Diese bedauernswerte Person musste schon oft bei gemeinsamen Versuchen der Nahrungsbeschaffung spontan die Lokalität, oder besser, den Imbissbetrieb wechseln, weil mir in diesen Tempeln der Gaumenfreuden häufig spontan eingefallen ist, doch lieber auf dem Absatz kehrt zu machen. Und weil für einige Betreiber Hygiene ein scheues Raubtier aus dem afrikanischen bzw. asiatischen Teil der Welt zu sein scheint.

Dabei nehmen wir die frisch zubereiteten Spezialitäten aus dem ranzigen Fett grundsätzlich zum Verzehr mit nach Hause und würden nie auf die Idee kommen, eine Frage wie „Mitnäähm odda hier essen" mit „Bitte zum hieressen" zu parieren.

Wie dem auch sei. Unter dem Aspekt, das etwaig-pathogene, kriechende und/ oder krabbelnde Organismen aufgrund der Proteingerinnung bei ziemlich genau 42,6 Grad absterben, geht es einem doch angesichts des vermutlich konstant auf Tausend Grad erhitzen Fettes gleich besser. Allerdings liegen in Lebensmitteln häufig auch Sporen einiger Bakterien vor. Und diese klitzekleinen Burschen sind meist sehr hitzeresistent und überleben sogar Kochprozesse. Aber da hier ja nicht im eigentlichen Sinne gekocht, sondern frittiert wird, verbannen wir unser Wissen einfach schnell in eine der hintersten Hirnwindungen, die uns zur Verfügung stehen.

Stattdessen sinniere ich lieber über das Schicksal der Hähnchen, die sich unmotiviert und regelrecht gelangweilt, aber auch durchaus lasziv auf zwei Metallstangen aneinandergereiht mit einigen anderen Leidensgenossen im Kreise drehen.

Aus einer Ecke der Pommes-Bude dringen plötzlich synthetische Geräusche in meinen Gehörgang, die darauf schließen lassen, daß der abgerissene Typ da am Automaten irgendeinen Gewinn erzielt hätte. Ja nun. Wenn ich schon keine Kohle habe, schmeiße ich das bisschen, was mir zur Verfügung steht doch lieber noch dem Automatenaufsteller in den Rachen.

Zur Grundversorgung kann man dann ja immer noch zur Tafel. Meine Beobachtungen dieser Zocker werfen immer wieder die gleiche Frage auf: Kann die Gewinnchance einen anderen Verlauf nehmen, kann Fortuna wirklich dergestalt beeinflusst werden, wenn man eines der Spielfelder, vorzugsweise das mittlere, mit der Handfläche abdeckt?! Vielleicht begünstigt durch Körperwärme?! Oder dreckige Fingernägel?!

Ich werde es nie herausfinden. Vermutlich soll es dazu dienen, den Spannungsbogen im Gewinnfall aufrecht zu erhalten. Aber wenn mir dieses Spiel zu aufregend ist, dann spiele ich doch erst gar nicht. Für manche Dinge des alltäglichen Lebens bin ich einfach zu blöd.

Jäh werde ich aus meinen Gedanken gerissen.

„Klaus, dein Schaschlik is fettich. Ich mach et en bissken schärfer, nä?!"

„Ja Inge. Mach ma ruhich."

„Hömma Klaus. Auffe Pommes kam Sosse nä? Wa doch richtich, odda?"

„Jau. Mach fettich. Hömma Inge. Die Curry-Frika bisken nachwürzen nä?!"

Meint der Typ vom Spielautomaten jetzt fettich im Sinne von fertig, oder fettich im Sinne von fettig?! Ich mein, die Dame kann doch gar nicht anders als fettich. Egal. Während ich diesen Dialog verfolge, wie er wohl tausendfach in deutschen Imbissbetrieben geführt wird, fällt mir auf, das Imbissbudenfachverkäuferinnen scheinbar immer in der gleichen Stimmlage ihre Fragen stellen. Stakkato. Überall im Ruhrgebiet. Mindestens. Sind die Tanten geklont oder was?!

Ich möchte an dieser Stelle nicht missverstanden werden: Den Damen, die diese Tätigkeit ausüben, gebührt mein größter Respekt. Den ganzen Tag in der Hitze stehen, sich blöd anmachen lassen und dafür vermutlich ein relativ geringes Salär einstreichen?! Könnte man einfacher haben. Einfach Harzen. Aus diesem Grunde ziehe ich vor Menschen, die solche Arbeiten erledigen, und das meistens sehr vernünftig, meinen größten Hut.

Aber dennoch gibt es gerade im Pommes-Buden-Business gewisse Parallelen... Aber zum philosophieren bleibt auch diesmal keine Zeit, da ich erneut in meinen Gedankengängen gestört werde: „Für den jungen Mann. Die Pommes warn mit Majo, nä?"

„Ja bitte. Zweimal Currywurst, Zweimal Pommes mit Mayonnaise", wiederhole ich mein Ansinnen.

Zufrieden nickt die Dame in dem ärmellosen Kittel mit dem Kopf, um sich im nächsten Moment wieder den gelblich-grau sprudelnden Flüssigkeiten hinter ihr zu widmen. Geschickt holt sie den metallenen Korb aus dem Fett und lässt ihn mit tausendfach geübten Bewegungen in einer Art schlackern oder klopfen abtropfen. Dann schüttet sie die gelben Kartoffelstreifen in die daneben liegende Nirosta-Mulde. Aus einem großen, kegelförmigen, leicht verbeulten Aluminium-Salzstreuer schüttelt sie das weiße Gold auf die leckeren Stäbchen. Dann dreht sie sich wieder zu mir um: „Zweima Cörri, zweima Pommes. Kahm auf die Pommes wat drauf?!"

„Ja. Salz Du Funtz", denke ich bei mir. Und antworte wahrheitsgemäß: „Mayonnaise, bitte."

Plötzlich steht der Typ vom Spielautomat neben mir. Trotz des intensiven Fettgeruchs in dem Laden merkt man gleich, daß er ein Freund des gepflegten Weinbrandgetränks zu sein scheint. Erst jetzt sehe ich, daß er mit beiden Händen Münzen trägt. So, als wolle er aus den Handflächen Wasser schlürfen.

„Ja Klausi?! Wat hadda ausgespuckt?!"

„Vierenachzich Euro. Hier. Kannze Kleingeld gebrauchn? Dann weksel ma."

„Gerne Klaus. Gip ma her."

Umständlich hebt Herr Klaus seine Hände über die Glastheke.

Bei der Münzübergabe kullert ein Geldstück herunter. Zwischen zwei bereits farblich etwas ausgeblichenen Kopfsalat-Imitationen aus hellgrünem Kunststoff, an dem ein ebenfalls nicht für den Verzehr vorgesehenes Petersilienblättchen geschickt arrangiert wurde. Natürlich auch aus billigem Vollkunststoff. Ja nun. Das Auge isst schließlich mit.

„Lass liegn. Tritt sich fest."

„Ja sicher, Herr Klaus. Da stapfen ja auch nach Feierabend Heerscharen von kleinwüchsigen Putzkräften durch den synthetischen Salat", denke ich bei mir und bewundere, mit welcher Fingerfertigkeit die Dame in ihrer ärmellosen Kittelschürze und den nackten Oberarmen („ob die da wohl was drunter an hat?!") das Zahlungsmittel aus dem Stück Plastik popelt. Kaum hat die flinke Fachverkäuferin das Metallstück in die Kasse gegeben und Herrn Klaus einige Scheine ausgehändigt, wendet sie sich wieder meinen Leckereien zu: „Die Pommes mit Mayo. Wa richtich, nä?!"

Ich fasse mir kurz an den Mund. Vielleicht ist meine Jacke zu hoch gerutscht und die Puppe versteht mich einfach nicht richtig. Oder meine Stimmbänder sind mit Frittierfett belegt.

„Ja bitte. Zwei Currywurst mit Pommes und Mayonnaise."

„Die Wurst nachwürzn?"

„Ja bitte."

Wieso muss die jetzt meine Wurst „nachwürzen"?! Ist die aus Tofu oder was?!

„Zum mitnehm wa richtich, nä?"

„Ja. Bitte einpacken."

Nach diesem Zeugnis kommunikativen Bildungsbürgertums streckt mir die Köchin ihre Hände mit den etwas außer Form geratenen Mitwinkern im Oberarmbereich entgegen.

Hastig greife ich nach den weißen Päckchen in der dünnen Tüte.

„So. Dann ham wa zweima Cörri, zweima Pommes. Pommes. Mit Mayo, nä?!"

Langsam platzt mir hier der Sack. In jedem Fall aber merke ich meine Halsschlagadern auf Gartenschlauchmaß anwachsen. Was ist mit der Frau los?! Schulpflicht versäumt?

Plötzlich ertönt aus ihrem zarten Mund ein herzhaftes „Sieben sechzich!" Diese Zahlenkombination brüllt sie allerdings so triumphierend, als hätte sie mit dieser Operation aus dem Bereich der höheren Addition gerade ehrenhalber den Doktorandenhut in Mathematik aufgesetzt bekommen. Ich gebe ihr passend und verabschiede mich raschen Schrittes. Das Tütchen stelle ich in den Fußraum der Beifahrerseite. Bereits nach zwei Metern Fahrt stinkt die Karre, als hätte ich die Pommesbudenfrau höchstselbst im Kofferraum liegen. Mit Kittelschürze. Endlich stehe ich auf unserer Garagen-Einfahrt. Tüte geschnappt, Schlüssel ins Schloss und ab an den Esstisch.

„Spatzl. Essen ist fertig. Der Kammerjäger hat geko-hocht".

Voller Vorfreude packen wir die vermeintlichen Leckereien aus dem weißen Tütchen, als meine zauberhafte Gattin vorsichtig nachfragt: „Hatte ich vergessen zu sagen, daß ich gerne Mayo auf die Pommes hätte?! Egal. Wir haben noch was im Kühlschrank. Willst du auch?!"

Morgen machen wir Hühnersuppe.

Schule

Es gibt im Grunde nur zwei Möglichkeiten: Entweder man (in dem Fall Frau) möchte protzig zeigen, was für ein Fuhrpark innerhalb der ökologisch korrekten Patchwork-Familie zur Verfügung steht oder, Möglichkeit 2, im Zuge der Evolution wurde in jüngster Zeit von der Natur, dem lieben Gott oder Greta vergessen, den Blagen Füße an den Unterleib zu schrauben.

Diese Überlegung stelle ich immer dann an, wenn mich mein Tageszettel zufällig an einer Schule vorbeiführt. Was im Ruhrpott entgegen aller kritischen Stimmen obgleich vorherrschender Bildungsdefizite relativ häufig der Fall ist. Da ich ein Freund von jenem Vogel bin, der früh die fetten Würmer fängt, muss ich immer ausgerechnet dann an diesen Bildungseinrichtungen vorbei, wenn Unterrichtsbeginn ist. Oder aber, wenn die Damen ihre Prinzen und Prinzessinnen wieder abholen.

Ein Auto nach dem nächsten parkt am Straßenrand wie Perlen, die auf eine Kette gezogen wurden. Und eine Karre ist fetter als die Nächste. Viel fetter als besagter Wurm, den der Vogel morgens fängt. Dabei frage ich mich immer, ob die Mütter an den Steuern ihrer teuren Sport Utility Vehicles oder kurz: SUVs wirklich wissen, wofür die Blagen am letzten Tag in der Woche bei Fridays for future auf die Straße gehen?! Einige der Karren sind besetzt mit Frauen in gebärfähigem Alter, andere leer, aber dafür komplett verkehrswidrig abgestellt. Mit grell zuckender, eingeschalteter Warnblinklichtanlage. Wiederum andere machen sich erst gar nicht die Mühe und parken direkt in zweiter Reihe. Also quasi mitten auf der ohnehin engen Straße. Kann ja nix passieren. Ist ja Tempo-Dreißig-Zone.

Aber ob das ausgerechnet der Grund ist, die beiden fahrerseits gelegenen Türen umständlich und sperrangelweit aufzureißen? Nur damit auch ja für alle zufällig passierenden Verkehrsteilnehmer sichergestellt ist: „hier geht nix mehr. Jetzt wird gewartet. Erst müssen Chantalle-Princess Koslowski und ihr Bruder Kevin-Justin vom heimeligen Frühstückstisch sicher in die Penne verbracht werden." In diesen Momenten umschleicht mich immer der starke Verdacht, daß es sich bei den Insassen dieser vor dem Tor der Schule auf ihre Sprösslinge wartenden Eltern nur um diejenigen handeln kann, die einst selbst ebenjenen Eingang nach neun Jahren ohne Abschluss durchschritten haben. Allerdings gab es damals Zuhause höchstens einen Klatsch. Und keinen Fahrdienst.

Mittlerweile führen meine Überlegungen sogar so weit, daß ich behaupte, die Tempo-30-Zonen vor Schulen sind gar nicht wegen der Kinder eingerichtet worden, sondern wegen dessen hektisch die Fahrbahn überquerenden Müttern! Hier wird beim Aufreißen der Autotüren weder in den Rückspiegel- noch sonst wohin geschaut. Wie die Karre abgestellt wird ist sowieso egal. Und ob der komplette Verkehr vor diesen Bildungsreinrichtungen zwischen halb acht und acht sowie eins und drei zum Erliegen kommt macht auch nichts aus. Hauptsache, der Nachwuchs muss bei 22 Grad Außentemperatur und strahlendem Sonnenschein nicht laufen. Stattdessen behandelt man im Sportunterricht dann das Thema „Rückwärtslaufen" und wundert sich, warum die Kids teilweise zu Bewegungslegasthenikern mutiert sind.

Ist ja auch alles schwer, was der Grundschüler von heute so mitzuschleppen hat. Da ist zum Beispiel das Smartphone. Hatten wir damals doch gar nicht. Ist doch alles Gewicht.

Dann noch 'n Notebook. Von diversen Heften und Büchern ganz zu schweigen. Wir packten vor dem Unterricht unser kleines Mon Cherie für die Pause in die Butterbrotdose und ab dafür. Vielleicht noch den grünen Tennisball zum Kicken auf kleine Kellerfenster, -fertig. Mehr war ja nicht... Wir hatten ja nix. Die späten siebziger Jahre galten im Pott ja noch als Nachkriegszeit. Und haben ja im Grunde bis heute nie so richtig aufgehört...

Aber im Ernst: Ich kann mich nicht erinnern, daß man bei mir damals so ein Firlefanz gemacht hätte. Gut. Die erste Woche nach der Einschulung wurde ich mal gebracht. Obwohl: Viel zu peinlich. Was sollen die Kumpels denken, wenn die Mama einen an der Hand zur Schule bringt?! An Abholungen kann ich mich überhaupt nicht entsinnen. Und mit dem elterlichen Auto –quasi im Pendelverkehr- schon erst recht nicht. Aber damit musste mein Vater ja auch zur Arbeit fahren. Trotz dieser vernachlässigten Aufsichtspflicht, die ja nun zweifelsfrei damals stattgefunden hat, habe ich nicht den Eindruck, von Rabeneltern großgezogen worden zu sein.

Jetzt könnte man natürlich argumentieren, daß der Verkehr ja seit meiner Kindheit proportional zugenommen hätte. Sicherlich richtig. Dafür gibt es heute aber auch mehr Ampeln, Zebrastreifen und geschwindigkeitsreduzierte Zonen. Vielleicht liegt es an der nach oben geschnellten Kriminalität?! Auch da waren wir früher mit Sicherheit genauso gefährdet wie heute. Allerdings hätten wir im Falle eines Falles keine Hilfe über unser Handy rufen können, sondern wären auf die nächste Telefonzelle angewiesen gewesen.

Überhaupt: Wie leicht hätten wir uns verlaufen können ohne Navigations-App?! Haben wir aber nicht.

Ich für meinen Teil habe immer zu meinen richtigen Eltern zurückgefunden. Hoffe ich zumindest…

Wenn die Entwicklung so weiter geht, werden wir wohl bald eine neue Welle von Verkehrsbeeinträchtigung über uns ergehen lassen müssen. Nämlich dann, wenn betagte Greise vor den Universitäten mit ihren Alu-Gehwägelchen die Straßen verstopfen, nur weil sie auf ihren Nachwuchs warten, den sie abholen müssen.

So. Muss Schluss machen. Da kommt gerade die Mutter unseres 54jährigen Technikers Heinz-Jürgen auf den Hof gefahren, um ihn abzuholen. Vielleicht kann die mich `n Stückchen mitnehmen…

Veränderungen

Manche Vorgänge beschäftigen mich. Zum Beispiel, warum sich viele kleine Handwerker- und Dienstleistungsbetriebe dem Diktat derjenigen unterwerfen, die es vom Kreißsaal in den Hörsaal- und von dort in den Plenarsaal geschafft haben und dabei den Anspruch für sich erheben, allwissend zu sein. Und somit jede x-beliebige Branche, jedes x-beliebige Gewerk umkrempeln zu wollen, ohne jemals überhaupt praktisch gearbeitet zu haben. Da mir die Einblicke in den Mikrokosmos unserer eigenen Branche natürlich leichter fallen, weil sie schlicht präsenter sind, möchte ich anhand der Entwicklung in unserem Beruf innerhalb der letzten Jahre einmal aufzeigen, was ich mit „beschäftigen" meine. Um nicht zu sehr in die fachliche Ebene abzugleiten, beschränke ich mich hierbei ausschließlich auf einen kleinen Teil unserer Arbeit, der Schadnager-Bekämpfung. Gehört sie doch schließlich seit dem Mittelalter zum Kerngeschäft des damals so genannten „Ratten-, Mäuse- und Maulwurffängers".

Vor ein paar Jahren, die mir mittlerweile wie eine Ewigkeit vorkommen, wurde in unserem Betrieb bei einem Rattenbefall zunächst eine Objektbegehung durchgeführt, um anschließend entsprechende Maßnahmen zur Populationstilgung, mindestens aber zur Populationsreduzierung einzuleiten. Es war eine Zeit, in der man davon ausging, daß der Schädling die Gefahr für das menschliche Umfeld darstellte. Heute geht man davon aus, daß der Schädlingsbekämpfer die Gefahrenpotentiale in sich birgt. In jedem Fall bestanden die Bekämpfungen meist aus der Installation mehrerer zugriffsgeschützter Metall-Köderstationen im Außenbereich und, falls erforderlich, der zusätzlichen Bereitstellung von Köderstationen aus Kunststoff im Innenbereich. Natürlich wurden diese Behältnisse befestigt, um eine versehentliche Freisetzung der eingesetzten Präparate zu vermeiden. Immerhin machen wir sowas beruflich und wissen von daher um die Gefahr der eingesetzten Stoffe.

Die ausführenden Techniker hatten damals noch allesamt zwischen ihren Ohren Gehirne. Dieses nützliche Organ wurde von den Kollegen dergestalt eingesetzt, dass die Arbeiten stets mit größter Sorgfalt und einem Höchstmaß an Verantwortung durchgeführt wurden. Und zwar eigenverantwortlich nach bestem Wissen und Gewissen. Somit ist in unserer Firma bisher noch nicht ein einziger Fall aufgetreten, in dem Schleiereulen, Hunde, Katzen oder ganze Familien ausgelöscht wurden. Weder primär noch sekundär. Im Gegenteil. Immerhin wurde vor einigen Jahren, als man noch mit dem eigenen Gehirn tätig war, davon ausgegangen, dass wir einen wichtigen Beitrag zum, durch das von Menschenhand außer Gleichgewicht gebrachte, Ökosystem leisten. Schließlich sind natürliche Feinde der zielgerichteten Organismen mittlerweile rar gesät. Hinzu kam der Umstand, dass Ratte, Maus und Co. bekämpft wurden, weil sie sich für aktuell und nachweisbar 120 Krankheiten verantwortlich zeigen können.

Das umfangreiche Wissen über die Biologie der zielgerichteten Organismen in Verbindung mit einem nicht minder umfangreichen Erfahrungsschatz in Bezug auf die effektivste Bekämpfungsmethode sorgte für schnelle Tilgungserfolge beim Kunden. Von dieser Reputation lebten wir. Das Wissen unserer Zunft reichte so weit, daß wir sogar die Neophobie der krankheitsübertragenden Wirbeltiere ins Kalkül unserer Nachkontrolle zogen, die erfahrungsgemäß dafür sorgte, dass neu eingerichtete Köderstellen erst nach zehn bis fünfzehn Tagen ohne Scheu angenommen wurden. Warnaufkleber mit Hinweisen auf etwaige Sicherheitsaspekte flankierten unsere Maßnahme. Schon immer. Weil wir eben wissen, wie der Beruf geht. Genau wie der Schreiner eben weiß, wie mit Holz umgegangen wird. Oder der Bäcker mit Teig. Oder, oder, oder. Weil wir allesamt hochspezialisierte Fachleute sind.

Mittlerweile sind wir im 21. Jahrhundert nach Christi angekommen. Schleiereulen, Hunde und Katzen gibt es schon lange nicht mehr. Und Familien nur noch da, wo unsachgemäß arbeitende Schädlingsbekämpfer keine morbide Schneise der Verwüstung hinterlassen haben. Um die letzten Individuen ihrer Art zu schützen, hat der Kammerjäger nun zunächst mit einem giftfreien Köder, der unter dem Synonym „Nontox" besser bekannt ist festzustellen, ob überhaupt ein Befall vorliegt. Immerhin könnte der Kunde uns täuschen wollen und teilt bei seinem Anruf in einer Schädlingsbekämpfungs-Firma nur aus dem Grund der Kollegin am Telefon mit, er habe Ratten, weil er in Wirklichkeit noch einige unversteuerte Kopeken zu viel im Keller liegen hat, die er vor dem sicheren Zugriff des Finanzamtes retten möchte. Oder schlicht keine Kraft mehr hat, die sauer verdienten Gelder mittels permanentem Umstapeln vor dem sicheren Verrotten zu retten.

Hat der Techniker vor Ort dann dennoch zweifelsfrei nachgewiesen, dass es sich tatsächlich um einen Befall von Rattus norvegicus, der Wanderratte, oder seltener um Rattus rattus, der Hausratte, handelt, soll er nach Möglichkeit mittels Schlagfalle das Problem lösen. Noch lieber jedoch auf konservativere Art, nämlich mittels Sackpfeife. Die Sackpfeife hat den entscheidenden Vorteil für unseren rattengeplagten Kunden, dass die Kosten voraussichtlich niedriger ausfallen werden. Denn die Schlagfalle muss mittlerweile jeden Tag kontrolliert werden. Zumindest, wenn sie vom sachkundigen Schädlingsbekämpfer aufgestellt wird. Greift nämlich der geneigte Kunde, der in diesem Fall ja keiner wird, selbst zur Falle aus dem Internet, kräht kein Hahn, -pardon: Keine Schleiereule danach, ob-, wie-, wo und warum er sie nun auf seinem Grundstück aufstellt.

Als ob dieser Umstand an sich nicht schon absurd genug wäre, kommt es noch dicker: Eigentlich sollte streng genommen nun jeden Tag der Schädlingsbekämpfer das Objekt anfahren, um die Schlagfalle zu kontrollieren. Es sei denn, er weist eine objektverantwortliche Person seines Vertrauens in diese über die Maße komplizierte Aufgabe ein. Zum Beispiel, um dem Kunden nicht nach Abschluss seiner Bekämpfung eine vom Gesetzgeber vorgeschriebene Rechnung im Wert eines Einfamilienhauses präsentieren zu müssen.

Doch halt!! Selbst ein Professor der Biologie darf lediglich visuelle Kontrollen der Schlagfallen durchführen. Beim Neuspannen des Bügels muss wieder der sachkundige Kammerjäger ran. Warum?! Ja nun. Im Zweifelsfall für den Erhalt der Schleiereule. Oder dem Polarfuchs. Zumindest letzterer Vertreter der Tierwelt ist allerdings im Ruhrpott seit geraumer Zeit ein scheuer Geselle.

Ganz wagemutige Kollegen trauen sich in der einen oder anderen Befallssituation tatsächlich in Zeiten wie diesen noch an Maßnahmen mit… Nun. Man wagt kaum, überhaupt noch das Wort niederzuschreiben… …mit Rodentiziden, umgangssprachlich auch Rattengifte heran. Bei diesen Bekämpfungsmaßnahmen mit echten Wirkstoffen (!!!) kommen wir uns allerdings schon etwas verwegen vor. Fast möchte man sich bei diesem Unterfangen einreihen in den erlauchten Kreis der

Herren Charles Luciano, Meyer Lansky oder Pablo Escobar. Wenn hier nicht das neue Datenschutzgesetz zum Tragen käme… Trotz Bittrex, einem synthetischen Bitterstoff, der als zusätzliche Sicherheitsmaßnahme in unseren Präparaten enthalten ist, und trotz Hochsicherheitsstationen, die ein Zugriff auf den Köder für nichtzielgerichtete Organismen wie Hunde, Katzen, Vögel und Kinder fast unmöglich machen sowie dem Wissen um Vitamin-K-Antagonisten wird es bei dieser Methode zur Bekämpfung der Schadnager erst richtig lustig!

Der ganze Spaß fängt bekanntlich mit den Warnaufklebern an. Die hierauf ersichtlichen Hinweise müssen nämlich eigentlich in sämtlichen Muttersprachen der infrage kommenden Bewohner aufgeführt sein, die rund um den zu beködernden Bereich gefährdet sein könnten. Sie meinen, ich mache Spaß? Weit gefehlt. Dumm nur, daß insbesondere in den tiefen der Ruhrmetropolen so viele verschiedene Muttersprachen gesprochen werden, daß eine ernsthafte Umsetzung schier unmöglich ist. Dennoch: Hat man erst entsprechende Plakatwände angemietet, auf denen aus Platzgründen die verschiedenen Schriftzeichen und Warnhinweise aufgeführt sind, können auch schon die Köderstationen installiert werden. Aber bitte nicht an Außenzäunen.

Nach der Erstinstallation und mit dem Wissen über die Neophobie der zielgerichteten Organismen müssen wir nun entgegen besseren Wissens bereits nach 2-3 Tagen, spätestens jedoch nach 7 Tagen den Köder kontrollieren und bei Anfraß austauschen. Unter dem Aspekt, daß Ratten resultierend aus der eben bereits erwähnten Neophobie meist erst wesentlich später überhaupt an den Köder gehen, eigentlich behördlich angeordneter Beschiss des Kunden. Aber gut. Unsere spezielle Branche zeichnet sich nicht gerade durch hervorragende Lobbyarbeit aus.

Apropos Warnaufkleber. Wir mussten behördlich angeordnet unsere Warnaufkleber wechseln, da auf diesen Gefahrenhinweisen unser Logo, bestehend aus einem Käse an einer Kordel aufgedruckt war. Und darum, so die Argumentation der Behörde, könnten Kinder denken, in der Station würde sich anstelle unseres Köders Käse verbergen. Nun. Ich persönlich erkenne hierin eher drastische Bildungsdefizite als Fehler meinerseits, fügte mich aber dennoch der Vorgabe und änderte unsere Warnaufkleber.

Doch ich schweife schon wieder ab. Denn sollte es über die eben beschriebene Maßnahme hinaus zu einer befallsunabhängigen Dauerbeköderung kommen, weil zum Beispiel diverse Bedingungen diese Maßnahme erforderlich werden lassen, ist nach spätestens 4 Wochen ein jeweiliger Durchgang fällig. Es sei denn, wir arbeiten mit Präparaten der 1. Generation. Früher haben diese sogenannten Service-Durchgänge meist die noch nicht so gut ausgebildeten Kollegen übernommen. Immerhin mussten sie die Köderstation öffnen, den alten Köder begutachten und gegen einen Neuen tauschen. Hin und wieder mussten bei dieser Tätigkeit auch etwaige Kadaver entsorgt werden. Dann wurde die Station wieder geschlossen. In jüngerer Zeit benötigten die Techniker für diese Tätigkeit nachgewiesene Kenntnisse im „Töten von Wirbeltieren". Heute wird dieses Wissen unter dem Nachweis „Anwendung von Antikoagulantien" subsumiert.

Aber, und hier kann der geneigte Unternehmer erneut in die sprichwörtliche Falle tappen: Heute darf mit dieser rudimentären Qualifikation zwar eine komplette Erstinstallation in Bezug auf Schadnagerbekämpfungen eingeleitet- und realisiert werden, für die gerade beschriebene befallsunabhängige Dauerbeköderung (Dose auf, Köder austauschen, Dose zu) reicht diese Qualifikation jedoch nicht mehr aus. Hierzu ist nämlich nun plötzlich nur noch der sachkundige Schädlingsbekämpfer (min. TRGS 523) in der Lage. Ihnen qualmt als Außenstehender bereits der Kopf und Sie kommen nicht mehr richtig mit? Dabei halte ich mich bewusst so verständlich, wie man sich uns gegenüber als ausführende bzw. verantwortliche Instanz meist nicht ausdrückt. Unglaublich? Aber wahr. Und wir sind immer noch beim selben Thema: bei der Ratten- oder Mäusebekämpfung in einem x-beliebigen Einfamilienhaus.

Richtig lustig wird es, wenn diese befallsunabhängige Dauerbeköderung bzw. überhaupt irgendeine Beköderung im Bereich einer Gemeinschaftseinrichtung durchgeführt werden muss. Aufgrund der neuen Einstufung unserer putzigen Nagerköder nach Gefahrstoffverordnung (GHS08) sind nämlich nun sämtliche Arbeiten mit Rodentiziden an ebensolchen Einrichtungen 14 Tage vor Arbeitsbeginn der aufsichtsführenden Behörde anzuzeigen. Übrigens auch bei befallsunabhängigen Dauerbeköderungen. Und zwar vor jedem (!!) Durchgang. Denn neueste Studien haben belegt, daß die von uns zur Rattenbekämpfung eingesetzten Köder das ungeborene Leben im Mutterleib schädigen können. Was Beton, Holz oder Wäscheleine bei unsachgemäßer Anwendung übrigens auch kann…

Sie sehen also, verehrter Leser: Eigentlich müsste eine einfache Rattenbekämpfung in Ihrem Garten mit mindestens achttausendfünfhundert Euro berechnet werden. Netto. Und zwar bevor nur ein Techniker bei Ihnen gewesen ist… Dennoch werden wir auch in Zukunft alles daransetzen, die Preise weit moderater ausfallen zu lassen. Wie das geht?! Ich weiß es schon lange nicht mehr.

Aber bevor Sie sich Giftköder im Internet bestellen, die wir als Profis schon lange nicht mehr ausbringen dürfen, subventionieren wir gerne im Sinne des realen Umweltschutzes Ihre sach- und fachgerechte Rattenbekämpfung. Und vielleicht überlegen Sie sich ja doch noch, anstelle der todbringenden Köder lieber eine Sackpfeife zu bestellen.

Arbeitsmarkt

„Entschuldigung. Jetzt habe ich den Preis akustisch nicht richtig mitbekommen. Wissen Sie, was ich verstanden habe?!
Die Anzeige würde Dreitausendsiebenhundert Euro kosten."
„Das ist richtig. Zuzüglich Mehrwertsteuer."
Hastig beende ich das Telefonat. In meinem jugendlichen Überschwang habe ich nämlich eine Stellenanzeige in unserer Zeitung aufgeben wollen. Nix besonderes. Einfacher Fließtext. Aber bevor ich Dreitausendsiebenhundert Kopeken für ein einfaches Stellengesuch auf den Tisch des Herrn lege, lasse ich es lieber. Die sind doch hammergetauft! Obwohl: scheinbar können sie diese Preise ja aufrufen. Man findet nämlich niemanden mehr, der durch seiner Hände Arbeit Geld verdienen möchte. Insofern scheint der Preis durchaus berechtigt zu sein. Gut. Für die Regierenden sind drei Millionen Arbeitslose vermutlich Peanuts, aber so ein einfach gestricktes Hirn wie meins kommt da nur sehr schwer mit. Für eine einfache Anzeige können die Dreisieben verlangen, damit einer der drei Millionen Arbeitslosen überhaupt bereit wäre, sich bei uns einfach mal vorzustellen…
Dabei haben wir alles versucht. Der gesamte Freundes- und Bekanntenkreis ist abgegrast worden. Die Mitarbeiter haben ihrerseits ebenfalls Bemühungen angestrengt, eine Erweiterung für unser Team zu rekrutieren. In den diversen sozialen Medien wurden Aufrufe gestartet. Nix. Natürlich ist uns allen klar, daß es auf den ersten Blick zunächst mal wenig sexy ist, sein berufliches Dasein als Kammerjäger zu fristen. Aber ist es wesentlich erotischer, arbeitslos zu sein? Na ja. Muss jeder selbst für sich entscheiden. Allerdings zeigen Gespräche mit Vertretern

anderer Branchen, das dort ebenfalls händeringend Personal gesucht wird. Und was soll also erst der Inhaber eines Gas-Wasser-Betriebes sagen? „Scheiße", vermute ich…

Es scheint tatsächlich so, als würde ein ganzes Heer von jungen Menschen nur darauf warten, endlich bei „Deutschland sucht den Superstar" oder anderen Blödmannsgehilfen-Sendungen entdeckt zu werden, um den Rest des noch sehr jungen Lebens auf den großen Bühnen dieser Welt zu verbringen und ansonsten mit ´nem Glas Schampus in der Hand im eigenen Mega-Pool zu relaxen. Das man in der Zwischenzeit, -also quasi bis es soweit ist-, eventuell auch durch Arbeit und nicht durch Arbeitsämter seinen Lebensunterhalt bestreiten könnte, scheinen die meisten überhaupt nicht mehr auf dem Schirm zu haben. Dabei bietet der Arbeitsmarkt neben den beiden Berufsbildern „Superstar" und „Hartzer" doch so viel mehr…

…Influencer zum Beispiel.

Auf jeden Fall wurde nach einem dreiviertel Jahr und dem zwischenzeitlich weiteren Versuch, vielleicht direkt über die Job-Börse des Arbeitsamtes an einen oder zwei neue Kollegen zu kommen, die Suche aufgrund fehlender Resonanz erst einmal eingestellt. Vom Job-Center aus bewarben sich zwar eine Handvoll vermeintlich Arbeitssuchender mit recht ordentlichen Unterlagen, aber dabei blieb es dann auch. Wir fragten uns ernsthaft, warum sich wohl jemand die Mühe macht, eine Bewerbung und einen Lebenslauf zu verschicken, im Anschluss aber unter keinem der angegebenen Kommunikationswege erreichbar ist. Weder auf Mails wurde reagiert, noch auf Telefonanrufe. Selbst per Post haben wir es versucht. Zwecklos. Zwei Bewerber konnten wir dann tatsächlich doch mal an die Strippe bekommen. Sie wurden zu einem lockeren Gespräch eingeladen, erschienen aber leider nicht. Auch diese Erfahrungen machten Freunde in anderen Branchen reihenweise. Nun. Unsere Recherche direkt bei einer Sachbearbeiterin des Job-Centers ergab, daß diese Kandidaten sich mit mindestens zwei Bewerbungen pro Woche in diversen Betrieben aller Art vorstellen müssen, um ihre Bereitschaft zur Arbeitssuche aufzuzeigen. Im besten Fall gibt es dann vom Arbeitsamt fünf Euro pro Bewerbung ausgezahlt.

Ich scheue mich stets davor, ganze Gruppen kollektiv über einen Kamm zu scheren. Und ganz ehrlich: hätte es bei mir zum Studiengang für Quantenphysik gereicht, würde mir vermutlich auch nicht in den Sinn kommen, als Quereinsteiger in der Schädlingsbekämpfung nach einem Job zu suchen.

Obwohl: warum eigentlich nicht?! Bevor ich als gesunder Mensch überhaupt nix tue und der Allgemeinheit auf der Tasche liege, setze ich mich auch mit `nem Unterteller im weißen Kittel vors nächste Bahnhofs-Klo. Doch zur Beruhigung sei gesagt, daß es bei mir auch nur zum Studium der Straße gereicht hat. Und genau dieser Studiengang ist vermutlich der Grund dafür, daß Aufgeben für Typen wie uns keine Option ist.

Also gab ich mir noch einen letzten Ruck. Ein letzter Versuch sollte es an den Tag bringen. Schließlich muss doch irgendwann, irgendwo jemand Lust darauf haben, unseren spannenden Beruf zu ergreifen, in dem meiner Ansicht nach auch noch verhältnismäßig gut bezahlt wird. Und ganz ehrlich? Kaputt macht sich in unserer Firma niemand.

Also gesagt, getan. Ich bekam von einem Bekannten den Hinweis, ich solle es mal auf der Kleinanzeigen-Seite einer großen Verkaufsplattform im Internet versuchen. Dort hätte er für seinen Betrieb tatsächlich auch jemanden gefunden. Die Anzeige war schnell gestaltet und aus dem Inhalt ging hervor, daß bei uns auch Quereinsteiger eine Chance hätten, sofern denn eine abgeschlossene Ausbildung vorhanden sei. Ferner verlangte ich als Voraussetzung einen PKW-Führerschein, sowie soziale Kompetenzen und ein gepflegtes Erscheinungsbild. Angeboten wurde neben den üblichen sozialen Leistungen auch ein neutrales Kraftfahrzeug zur Privatnutzung. Und um meiner sofortigen Verhaftung zu entgehen, richtete sich unsere Anzeige selbstverständlich an alle Geschlechter dieser Welt. Das sind ja wichtige Themen heutzutage.

Und was soll ich sagen? Die interaktiven Bewerbungen flatterten nur so auf unseren Rechner. Bildlich gesprochen. Denn natürlich können Daten nicht flattern und die eingegangenen Anfragen per Mail oder Telefon hatten mit Bewerbungen im herkömmlichen Sinne auch nicht mehr viel gemein. Aber dafür ist der Unterhaltungswert einer solchen Stellengesuch-Aktion wirklich unbezahlbar. Sollten Sie irgendwann einmal so richtig Langeweile verspüren oder mal nix zu lachen haben, empfehle ich Ihnen also folgendes: tun Sie einfach mal so, als wären Sie Inhaber eines Betriebes für Schädlingsbekämpfung.

Vermutlich können Sie sich aber auch einen anderen x-beliebigen Betriebszweig aussuchen. In jedem Fall sollten sie dann einfach mal in einem Kleinanzeigenportal ein entsprechendes Stellenangebot aufgeben. Vergessen Sie aber nicht, vorher reichlich Wundsalbe bereitzulegen. Die wird benötigt, da Sie sich sehr häufig sehr heftig vor Lachen auf die Schenkel schlagen werden. Und damit diese wundgeschlagenen Stellen besser verheilen, müssen sie sich während der Mitarbeitersuche halt hin und wieder eincremen. Bei mir als politisch interessierten Menschen verhielt es sich allerdings ein kleines bisschen anders. Ich brauchte Zewa-Rollen. Viele Zewa-Rollen.

Ich kam vor Weinen nämlich nicht mehr in den Schlaf... Warum?! Nun. Gestatten Sie mir, ihnen an dieser Stelle beispielhaft ein paar originale „Bewerbungen" zu präsentieren, die uns allesamt per E-Mail erreicht haben. Und das, obwohl in der Stellenbeschreibung ausdrücklich darauf hingewiesen wurde, das nur per Post eingehende Bewerbungen mit Lebenslauf Berücksichtigung finden.

„Sehr geehte Damen und Herren, es geht um die bei Ebaykleinanzeige inserirte Stellenangebot. Mit freundlichen Grüßen der Marcel."

„Sehr geehrte Damen und Herren, hiermit bewerbe ich mich für die Arbeitsstelle für die Schädlingsbekämpfung. Bitte melden Sie sich unter xxxxxxxxx MfG"

„Hallo bin der Kevin 29 komme aus Essen besitze ein Führerschein klasse B ich interessiere mich für ihre Stelle habe in denn Beruf noch keine Erfahrung würde mich freuen wenn sie sich melden würden mfg"

„Guten Tag, Ihre Stellenangebot hört sich sehr interesant an. Anbei habe ich ihnen meinen Lebenslauf beigefügt und würde mich über ein Persönliches Gespräch mit ihnen freuen. Mfg M.

„Hallo können Sie mir besschien erklären wie die arbeit ist? Ammar"

Und so geht es weiter und weiter. Macht man sich dann tatsächlich die Mühe und wirft einmal einen Blick auf die Zeugnisse der Zukunftsgeneration, dann erkennt man schnell: die haben allesamt Ihre mittlere Reife oder ein Abitur in der Tasche! Na ja. Es muss sicherlich kein Kammerjäger daherkommen, um Defizite im deutschen Bildungssystem aufzudecken. Da gibt es klügere Menschen als mich. Die allerdings keine Fehlentwicklung erkennen…

Aber in meiner Generation hätten wir bei diesen Rechtschreib-kenntnissen sicherlich Glück gehabt, überhaupt einen Schulab-schluss zu erlangen. Und zwar nach der 9. Klasse!

Aber zurück zur Sache. Wen von diesen jungen Rangen könnte ich wohl am ehesten zu einem Bewerbungsgespräch einladen, dann einstellen und durch unsere anspruchsvolle Prüfung brin-gen?? Richtig.

„Weist Du was?! Ich lade die lustigen Gesellen ein und lasse die Burschen einen einfachen Dreisatz ausrechnen. Wer am nächsten dran ist bekommt den Job…" Aber das kann es doch nicht sein. Und ich befürchte, besser wird es künftig kaum…

Zur Ehrenrettung muss man sagen, daß durchaus auch zwei, drei brauchbare Bewerbungen dabei waren. Doch leider waren auch diese Bewerber etwas älteren Semesters wieder niemals zu erreichen. Es ist zum Haareraufen.

Beispielhaft für die Lebenseinstellung beinahe aller junger Men-schen, die sich in den letzten Jahren bei uns vorgestellt haben möchte ich hier die Bewerbung eines Justin 1:1 widergeben:

Sehr geehrte Damen und Herren ,

mit großem Interesse habe ich ihr Stellenangebot gelesen und würde mich hiermit gerne bei ihnen bewerben. Da ich persön-lich schon viel durchgemacht habe , Traue ich mir als junger dynamischer Mann so gut wie alles zu . Mit mir gewinnt ihr Unternehmen einen leistungsbereiten Mitarbeiter . Ich widme mich meinen neuen Aufgaben und Herausforderung stets mit großer Motivation und vollem Einsatz .

Mit freundlichen Grüßen

Vielleicht sollte ich noch anmerken, daß der junge dynamische Mann, der schon so viel mitgemacht hat, gerade 19 Lenze zählt. Wobei auch der Lebenslauf Lust auf mehr versprach.

Die längste zusammenhängende Arbeit belief sich immerhin auf drei Monate!

Die Selbstreflektion dieser Burschen ist einfach einmalig. Überspitzt formuliert haben diese Typen, von denen ich gerade schreibe Ärmchen wie Trommelstöcke, fühlen sich aber durchaus locker in der Lage, Mike Tysson nach Beginn der 4. Runde mit einer rechts-rechts-links-Kombination auf die Bretter zu schicken. Hinzu kommt, daß diese jungen Menschen häufig eine gewisse Anfälligkeit für Krankheiten aller Art aufweisen. Vielleicht ist aber auch das Immunsystem der jüngeren Generation komplett anders aufgebaut. Wo sich die alten Säcke und gestandenen Malocher noch mit letzter Kraft bis zum Wochenende in die Firma schleppen, kurieren sich die Youngster und künftigen Rentenzahler bereits bei einem angestoßenen Fuß oder eingeschnittenen Fingernagel erstmal zwei Wochen aus. Zuhause, versteht sich.

Tja Kinder. Das Leben ist kein Ponyschlecken.

Zum Glück haben wir dann doch noch jemanden gefunden.

Yassin, das hier ist für Dich. Und für alle anderen Malocher, die jeden Morgen aufstehen und einen super Job abliefern.

Es gibt sie noch. Nur die Suche wird schwerer. Dabei haben wir schon wieder Bedarf.

Frühstückssaal

Kinder sind etwas Wunderbares. Ihr unschuldiges, reines Wesen tut Wahrheit kund. Unverfälscht und ehrlich. Zumindest, wenn man dem Volksmund Glaube schenken darf... Unvoreingenommen und sorgenfrei entdecken sie den Planeten auf ihre ganz eigene Art und Weise. Neugierig. Gespannt. Humorvoll. Offen für alles Neue. Mit kindlicher Freude und Neugier. Voller gut gemeinter Ratschläge und Erziehungsmaßnahmen tasten sich die stolzen Kinder nicht minder stolzer Eltern in die vor ihnen liegende Welt.

Leider trifft das nicht auf die Blagen zu, denen ich bei meinen geschäftlich bedingten Aufenthalten in den Frühstücksräumen und Restaurants diverser Hotels überall in diesem wundervollen Land begegne. Dabei trifft die unschuldigen kleinen Wesen kaum eine Schuld. Immerhin sind sie ja noch rein und unverdorben. Vielmehr versinke ich hin und wieder beim Aufkloppen meines als weichgekocht deklarierten, steinharten Frühstückseis mittels bereitgelegtem Besteckteil in seltsame Phantasien, die so aussehen, daß ich mir hin und wieder wünschen würde, die vor mir in ihrer kleinen Kunststoffmulde stehende Keimzelle ungeborener Hühner oder Hennen gegen die Erziehungsberechtigten dieser Bälger auszutauschen und ihnen mit dem Löffel auf den..., aber ich schweife ab.

Bei den Restaurantbesuchen meiner Kindheit saßen wir artig am Tisch neben Mama und Papa. Geübt wurde das Essen übrigens in meinem speziellen Fall zunächst im „Wienerwald". Mit Kinderschnitzel. Aus Fleisch!

Die größten Errungenschaften von als pädagogisch wertvoll eingestuften Hilfsmitteln bei der Nahrungsaufnahme waren seinerzeit ein Kinderstuhl sowie entsprechende für kleine Händchen geeignete Besteck-Sets. Basta. Das wars. Darum waren wir bei der Einnahme diverser Mahlzeiten auch schon recht früh im Umgang mit Messer, Gabel und Löffel vertraut. Immerhin aßen wir auch Zuhause mit solchen Hilfsmitteln. Fertig-Pizza oder Fernsehen im Hintergrund gab es bei uns nicht. Fingerfood höchstens mal auf Feiern in Form von Käse-Sticks, wahlweise mit Mandarine oder Weintraube gespickt.

Aber bei Tisch legte zumindest mein Vater glücklicherweise viel Wert auf kultivierte Umgangsformen. Und so ging es damals noch in beinahe allen Familien zu. In jedem Fall bei den uns bekannten. Und da wir uns tagtäglich neu mit Messer und Gabel bei der Einnahme unserer Speisen beweisen konnten, waren wir Kinder bereits vor unserem ersten Restaurantbesuch mit dem Rüstzeug nötiger Etikette entsprechend präpariert. So wurde uns beispielsweise auch beigebracht, am gedeckten Tisch so lange Platz zu bewahren und geduldig zu warten, bis der letzte Esser mit der Aufnahme frisch zubereiteten Essens fertig war.

Insbesondere am Heiligen Abend stellte diese Regel allerdings meinen Bruder und mich oft vor eine harte Geduldsprobe. Für die jüngeren Leser: der Heilige Abend fand meist am 24.Dezember statt und ist in meiner Kindheit ein Feiertag gewesen, der damals in Deutschland noch vor dem „Black Friday", „Halloween" und „Zuckerfest" rangierte.

Und genau dieser hohe Feiertag gestaltete sich essenstechnisch aufgrund des gesunden Appetits meines Vaters für uns Rangen kurz vor der Bescherung oft zur Qual. Wir wollten unsere Geschenke. Mein Vater wollte noch eine Portion Kassler mit Sauerkraut und Kartoffeln.

Dennoch hat die Einhaltung gewisser Regeln und Formen

während der Mahlzeiten erstaunlicherweise bei mir, meinem Bruder und vielen anderen Kindern unserer Generation zu weniger bleibenden Schäden geführt, als man nach heutigen Erkenntnissen führender Kinderpsychologen vermutlich meinen könnte.

Doch zurück zum Kern dieser Geschichte, die so wahr ist wie das Leben. An diesem Morgen ist es nämlich wieder einmal so weit. Während ich mir einen heißen, aber dünnen Kaffee in die Tasse gieße, wuselt zwischen den Stühlen ein vielleicht fünfjähriger, quirliger Bengel mit einem Marmeladenbrötchen in der Hand durch den beinahe vollbesetzten Speisesaal des Hotels. Die Mutter, -zumindest gehe ich davon aus, daß die Dame am übernächsten Tisch diese Bezeichnung für sich beansprucht, beißt währenddessen seelenruhig in eine mit der linken Hand zum Mund geführte Scheibe Mehrkornbrot, das satt mit Frischkäse oder Joghurt bestrichen ist. Gedankenverloren bedient Sie mit dem Finger der rechten Hand ihr Smartphone. Eigentlich erkenne ich keinen Finger auf dem Gerät, sondern nur den grell lackierten, mit glitzernden Applikationen verzierten Fingernagel. Vom Aktionismus ihres Sprößlings scheint sie sich wenig beeindruckt zu zeigen. Stattdessen erinnert der Anblick ihres Mundes während der Zerkleinerung eben aufgenommener Nahrung stark an jene Paarhufer, die vorverdauten Nahrungsbrei hochwürgen, um ihn dann nochmals zu zerkauen, bevor er abschließend der eigentlichen Verdauung zugeführt wird.

Vermutlich bekommt die Zuckerpuppe aus der Bauchtanztruppe nicht einmal mit, wo sich ihr kleiner Prinz gerade aufhält. Und wenn doch, so ist es ihr aber mal so was von scheißegal. Aber sei's drum. Als der Kleine laut singend bei anderen Gästen an der mit weißer Spitzendecke verzierten Tischkante steht und diese als temporäre Ablagefläche für seine mittlerweile halb verzehrte, klebrige Brötchenhälfte mit Marmelade nutzt, macht die vermeintliche Erziehungsberechtigte keinerlei Anstalten, ihren stolzen Nachwuchs zur Ordnung zu rufen. Die so terrorisierten Gäste schauen beschämt auffällig unauffällig zur Seite oder verschanzen sich hinter ihren Tablets. Ein Herr im Anzug liest sogar in einer echten Zeitung aus Papier. Die ist praktisch, da man sich hinter ihr vollflächig verstecken kann.

Scheinbar ist es der heutigen Kindheit evolutionsbedingt nicht mehr zuzumuten, für die Dauer einer kompletten Mahlzeit am Tisch bei Mama oder Papa, Mama und Mama, Papa und Papa, Mama und Diversem oder -wie in ganz seltenen Fällen- bei Mama und Papa zu sitzen, um gemeinsam die jeweiligen Speisen einzunehmen. Besonders heikel wird die Angelegenheit scheinbar, wenn keine akustische und/ oder visuelle Untermalung in Form eines oder mehrerer Flachbildschirme für entsprechende Unterhaltung sorgt. Und der beschriebene Frühstückssaal hat keine Fernseher!

Während ich weiter meinen Gedanken nachhänge, passiert das Unvermeidbare: mit einem fröhlichen, lauten, aber dennoch unverständlichen Lied auf den Lippen wetzt der Knirps unermüdlich durch den Saal. Dabei stößt er unbeabsichtigt an der von mir besetzten Tischkante an. Infolge der Erschütterung schwappt das zuvor eingeschüttete schwarze Heißgetränk meiner Wahl augenblicklich über den Rand des weißen Porzellanbehältnisses und füllt nicht nur die darunter stehende Untertasse, sondern hinterlässt gleichzeitig kleine ungleichmäßige schwarze Flecken auf dem weißen Tischtuch.

„Entschuldigung. Könnten Sie vielleicht dafür Sorge tragen, daß ich mich gleich nicht noch einmal neu einkleiden muss?!"

Richte ich mich so freundlich, wie es die Situation zulässt an die immer noch mit ihrem Smartphone beschäftigte junge Frau. „Hey. Das ist ein Kind!" erwidert sie schnippisch.

„Ach so. Ja, jetzt erkenne ich es auch. Und?!" frage ich zurück.

„Ey jetz machen se ma halblang. Soll mein Sohn hier die ganze Zeit ruhig rumsitzen, oder was?!"

Spätestens jetzt schwellen meine Halsschlagadern wieder auf Gardenaschlauchvolumen an. Aber ich bleibe ruhig. Einatmen. Ausatmen. Und leise bis fünf zählen. Ist ja auch noch früh.

„Ja. Wäre `ne Möglichkeit," gebe ich zu bedenken.

Die anderen Gäste im Frühstückssaal tun so, als würden sie von der ganzen Situation nichts mitbekommen. Dabei habe ich eine recht laute Stimme. Unser kleines Wortgefecht wird von der Dame im pinkfarbenem Schlabbershirt mit dem ultimativen Spruch fortgeführt. Quasi dem Vater aller Sprüche. Der Mutter aller Totschlagargumente. „Sie ham wohl keine Kinder, wa?!"

„Zumindest keine schlecht erzogenen…" lüge ich.

Die Wahrheit ist: Ich habe tatsächlich überhaupt keine Kinder, von denen ich wüsste. Nur einen Malteser-Hund. Aber der zählt nicht, ist aber trotzdem sozialisierter als das Balg der Dame. Dafür könnte ich allerdings noch mit einem Neffen und einer Adoptivenkelin aufwarten. Und beide sind mit Ihren sechs, bzw. sieben Jahren, sehr wohl in der Lage, während einer kompletten Mahlzeit ruhig am Tisch sitzen zu bleiben.

Dennoch stehe ich wenige Augenblicke später mit einem Erfolgserlebnis vom Frühstückstisch auf. Immerhin ist es mir gelungen, den Blick einer jungen Mutter für zwei, drei Minuten von ihrem Smartphone abzuwenden. Mehr kann man heute nicht verlangen. Wenige Minuten später stehe ich vor den wissbegierigen Schülern. „Hefte raus. Klassenarbeit." Geht doch.

Auditor

Es ist etwas Schreckliches passiert. Etwas unerhörtes. Der Planet Erde wurde für einen Moment aus seiner Aufhängung gehebelt. Die Bewohner der Welt hielten kurz inne.

Nun. Ich beschreibe hier nicht, wie ein Mensch mitten in Deutschland einem anderen Menschen mit einer Machete auf offener Straße das Leben nimmt. Ich möchte auch kein Wort über das deutsche Phänomen des sogenannten „Bahnhof-Schubsers" verschwenden, das in seiner assoziierten Verniedlichung kaum mehr zu toppen ist. Auch die hierzulande aufgetretenen Probleme der letzten Jahre in öffentlichen Schwimmbädern oder den wild um sich greifenden Rangeleien mit Polizeibeamten, denen man Steine, Flaschen und sonstige Wurfgegenstände vor den Kopp wirft sind nichts gegen das Problem, mit dem sich die Welt an diesem Donnerstag-Morgen befassen musste. Atomversuche eines durchgeknallten Diktators?! Kindergeburtstag! Konflikte in der Meerenge von Hormus?! Geschenkt. Nein, das Problem, mit dem ich konfrontiert wurde, war größer. Schlimmer. Gefährlicher. Und schwieriger zu lösen. Es ging um -aber der Reihe nach.

Mein Schreibtisch in der kleinen Kammerjägerei am Waldesrand wartete darauf, mehr oder weniger systematisch abgearbeitet zu werden. Und ich war tatsächlich recht guter Dinge, dies auch trotz des üblichen Wahnsinns zu schaffen. Doch plötzlich stürmte eine der besten Kolleginnen der Welt in mein Büro. Und in ihren Augen konnte ich deutlich das Panik-P erkennen, was meist nichts Gutes verheißen lies. „Volker, Du musst sofort bei Kinker anrufen. Die haben den Auditor dasitzen und irgendwas gefällt dem an unseren Dokumentationsunterlagen nicht!"

Genau das, was man braucht, -ach. Was sage ich?! Was man sich wünscht, wenn der Schreibtisch abgearbeitet werden soll. Also rasch zum Telefonaparello gegriffen und die mir überlassene Nummer des Kunden hastig in die Tastatur eingetippt. Bei der an und für sich sehr freundlichen und gelassenen Verantwortlichen handelt es sich um die Inhaberin eines Unternehmens, das ziemlich spezielle Verpackungen für die Lebensmittelindustrie herstellt. Es gebietet die Diskretion unserer Zunft, nicht mehr über den Kunden preis zu geben.

Nach kurzer Einleitung und grober telefonischer Erklärung des Problems bat ich die völlig entnervte und gestresste Geschäftsführerin, mir doch bitte den Herrn Auditor einmal an die Ohrmuschel zu reichen. Dieser legte sofort in einem Ton los, der darauf schließen ließ, daß der Kamerad in seinem vorherigen Leben Dienst an der innerdeutschen Grenzanlage Marienborn bei der Passkontrolle geschoben hat. „Der Inhalt ihres Service-Ordners ist nicht aktuell. Das wissen sie schon, oder?" „Mein Name ist Skor. Mit wem spreche ich? Ich habe Ihren Namen leider nicht richtig verstanden." ließ ich mich nicht aus der Ruhe bringen. Sofort wurde der vermeintliche Grenzsoldat am anderen Ende der Leitung etwas geschmeidiger. Nachdem er mir dann seinen Namen genannt hatte, fragte ich ihn, nach welchem Standard er denn prüfe. BRC. Gut.

Nun schilderte er mir sein- und somit auch mein Problem: „Zwei Sicherheitsdatenblätter der von Ihnen eingesetzten Präparate sind nicht auf dem aktuellen Stand." Ups. Na da sind Kim Jong Uns Atomversuche natürlich wirklich nur ein Fliegenschiss auf der Gardinenstange gegen! Wahrheitsgemäß antwortete ich, mir das überhaupt nicht vorstellen zu können. Von wann sind denn die betroffenen Sicherheitsdatenblätter?

Die meines Erachtens in Frage kommenden Datenblätter wurden doch erst im vorherigen Jahr von der Firma, die diese Produkte herstellt überarbeitet. Darauf frug mich der Herr am anderen Ende der Leitung, welches Jahr wir denn meiner Meinung nach jetzt gerade hätten. Parallel zu unserem Gespräch suchte ich im Internet nach der neuesten Version des betreffenden Datenblattes, fand aber auch dort nichts Aktuelleres als die ihm vorliegende Version.

Nach einigem Geplänkel konnte ich dem Herrn Auditor erklären, das wir zum einen nicht den geringsten Einfluss auf die Bereitstellung entsprechender Sicherheitsdatenblätter herstellender Firmen haben und zum zweiten, das die Firmen uns nicht fragen, wann Aktualisierungen oder gar neue Sicherheitsdatenblätter erstellt werden müssen. Wir können also als Anwender lediglich auf die uns von den Lieferanten zur Verfügung gestellten Blätter zurückgreifen. Da ändert sich ja nix an dem Stoff oder dem Präparat oder der Wirkungsweise! Und wenn schon. Es ist fraglich, ob die Bayer AG oder BASF ihre Sicherheitsdatenblätter erneuert, weil der Skor anruft und meint, der Auditor bei Kinker versteht da was nicht… Aber machen Sie das mal jemandem begreiflich, der nur nach seinem Zertifizierungsbüchlein agiert und ansonsten rechts und links Scheuklappen trägt. Hoffnungslos. Stellt sich die Frage, ob diese Hohepriester unseres Berufsstandes sich auch bei jedem Tankvorgang ein Sicherheitsdatenblatt der gezapften Kraftstoffe aushändigen lassen und dann kontrollieren, ob es brandaktuell ist?! Vielleicht kann man ja zwischenzeitlich durch leichte Abänderungen dieser Dokumente Super-Benzin endlich saufen.

Egal. Ich sonnte mich kurzfristig in dem sicheren Gefühl, die Kuh mal wieder vom Eis geholt zu haben, während der nächste Ochse schon draußen wartete, um mich weiter an die Abarbeitung der auf dem Schreibtisch angefallenen Arbeiten zu begeben. Mein Wochenziel bestand nämlich darin, zumindest wieder Teile der weißen Schreibtischunterlage zu erkennen, auf die ich immer hastig bei Telefonaten wahlweise Mailadressen, Uhrzeiten, Strichmännchen oder Telefonnummern kritzele, die ich im späteren Verlauf nicht mehr zuordnen kann.

Plötzlich steht schon wieder die Kollegin in der Tür meines Büros. „Volker, du musst noch mal bei Kinker anrufen. Jetzt hätte er irgendwas an den Köderstationen festgestellt. Frau Kinker hat am Telefon fast geheult." Natürlich kann ich in solch einem Fall höchster Anspannung eine liebe Kundin nicht im Regen stehen lassen und unterbreche erneut meine Arbeit. „Frau Kinker. Skor hier noch einmal. Wo drückt denn nun der Schuh?" „Hallo Herr Skor. Danke für den schnellen Rückruf. Ja ich weiß auch nicht so genau. Wir werden hier Wahnsinnig. Ich reiche sie am besten mal direkt weiter." Gesagt, getan. „Schulte hier, hallo Herr Skor. Ja sagen Sie mal. Man kann die durchlaufenden Nummerierungen auf den Köderstationen im Außenbereich kaum noch erkennen. So geht das aber nicht. Sie machen mir wirklich Kummer, Man." „Wissen sie was, Herr Schulte?! Ich bin in dreißig Minuten bei Ihnen. Dann können wir das mal besprechen."

Sofort setzte ich mich in mein Auto und fuhr zu unserem Kunden. Parallel rief ich einen unserer Techniker an, der das Objekt für gewöhnlich betreut. Er solle sofort alles stehen und liegen lassen und sich zu dem Objekt Kinker begeben. Man malt sich ja die schrecklichsten Szenarien aus. Sind die Mitarbeiter vielleicht doch nicht so gut ausgebildet wie ich dachte? Wurde einfach schlampig gearbeitet?

Oder sucht der Typ nach der Schlappe von vorhin irgendetwas, um seine Macht auszuspielen, die er zweifellos hat? Man weiß es nicht.

Endlich am Objekt angekommen, traf ich auf eine völlig aufgelöste Empfangsdame. „Herr Skor, gut das sie gekommen sind. Der Typ macht uns alle völlig bekloppt. Ich rufe sofort die Chefin. Die ist mit den Nerven am Ende."

Nach einer kurzen Zeit des Wartens traf auch mein Kollege endlich ein. Die Dame am Empfang bat uns, vor dem Büro der Firmeninhaberin zu warten, man würde uns reinrufen.

Nach einem Vorfall vor einigen Jahren, kurz nach dem wir mit der regelmäßigen Betreuung des Objekts beauftragt wurden, unterhalte ich zu Frau Kinker ein besonderes Verhältnis. Damals wurde der Dame ein anonymes Schreiben zugestellt. Tenor dieses Schreibens war, sie solle sich eine Zusammenarbeit mit meiner Firma sehr gut überlegen. Immerhin sei ich das ehemalige Mitglied eines bekannten Motorrad-Clubs und somit natürlich auch kriminell. Den Urheber dieses Schreibens konnten wir leider nie ausfindig machen, aber manche Menschen kommen doch wirklich vor Langeweile und Vorurteilen nicht in den Schlaf. Arme Pfannen. Und nur für den Fall, das der Urheber des damaligen Schreibens dieses Buch hier lesen sollte: wenn ich in meinem Leben über den Tisch gezogen worden bin, dann ausschließlich von Leuten mit Hemd und Krawatte. Nie von Kuttenträgern. Aber das nur am Rande. Wie dem auch sei, mein Kollege und ich warteten brav vor dem Büro von Frau Kinker.Nach einer Weile wurde mir das jedoch zu albern und ich klopfte an die Tür und bat um eine kurze Audienz bei Auditor Schulte, der sich wohl zwischenzeitlich in ihrem Büro breit gemacht hatte.

„Ach, Herr Skor. Vielen Dank, daß sie so schnell kommen konnten. Ich bin sofort bei Ihnen."

Sprachs und verschloss die Tür wieder vor meiner Nase. Nun standen Thorsten und ich wie die kleinen Schuljungen draußen auf dem Flur vor der Bürotür und warteten auf Einlass. Nach einer ganzen Weile kam dann endlich die sonst so freundliche Firmeninhaberin heraus und eröffnete mir, Herr Schulte hätte es sich wohl anders überlegt und wolle nicht mit mir sprechen.

„Warum bin ich dann jetzt hierhin gefahren?!"

„Herr Schulte meint, er wolle und bräuchte sich nicht mit ihnen über fachliche Dinge auseinandersetzen. Sie sollten lieber die Nummern auf den Rattenboxen im Außenbereich erneuern."

Ich kriegte Schnappatmung.

Wir nahmen uns die Köderstationen vor und beklebten sie mit neuen Zahlen. Ob Sinn oder Unsinn ließen wir zunächst dahingestellt, da wir es als unsere oberste Pflicht ansahen, den seltsamen Prüfer im Sinne unserer Auftraggeberin zumindest in den uns betreffenden Angelegenheiten der Schädlingsbekämpfung zufriedengestellt zu bekommen.

Endlich wieder im Büro angelangt, setzte ich ein Schreiben an die zuständige Zertifizierungsstelle auf, da es absolut nicht meinem Naturell entspricht, mich am Nasenring durch die Manege ziehen zu lassen. Nach wenigen Tagen teilte mir Frau Kinker hocherfreut mit, man hätte ganz plötzlich den ungeliebten Auditor ausgetauscht. Fortan käme jemand anderes zu den Prüfungsterminen. Schauen wir mal. Vielleicht hat Herr Schulte ja zwischenzeitlich eine Anstellung in der Gedenkstätte Marienborn erhalten und macht dort Führungen.

Übrigens ist zwischenzeitlich meine Schreibtischunterlage schon wieder unter den zahlreichen Akten verschwunden.

Tupper

Hin und wieder wundere ich mich hier in der kleinen Kammerjägerei am Waldesrand doch schon sehr über manche meiner
Mitmenschen. Die wundern sich sicherlich auch über mich,
aber das ist eine andere Geschichte.

Nun. Anlass meiner Verwunderung gibt mir in den warmen
Monaten jeweils das Betreten unserer Lagerräume. Oder besser
ausgedrückt: der Versuch, unsere Lagerräume zu betreten.

Als ich vor etlichen Jahren finanziell die ersten vernünftigen
Geschäftsräume anzumieten in der Lage war, rieb ich mir ja
noch verdutzt die müden Äuglein, aber mittlerweile habe ich
mich mehr oder weniger daran gewöhnt. Obwohl: so richtig
werde ich es nie begreifen...

Was geht in den Hirnwindungen eines potentiellen Kunden vor,
der seine gesammelten Insekten in eine Schüssel oder ein Glas
zu packen pflegt um es anderen Leuten vor die Tür- oder wahlweise auf die Fensterbank zu legen?! Hin und wieder befinden
sich auch kleine, kunstvoll gefaltete Papierstücke in unserem
Briefkasten, auf denen die kleinen Tierchen brutal hinter einem
Streifen Tesafilm gezwängt wurden.

Natürlich kann der Umstand, warum wir immer mit diesen netten Gaben bedacht werden daran liegen, daß wir hier
eine Schädlingsbekämpfungs-Firma betreiben. Und wir diese
liebevoll wie bereits häufiger erwähnt „die kleine Kammerjägerei
am Waldesrand" nennen. Aber würde ich jemals auf die Idee
kommen, eine abgelaufene Packung Buchstabensuppe auf die
Fensterbank einer Bibliothek zu legen, weil ich davon ausgehe,
daß die dort Beschäftigten unheimlich Spaß am Umgang mit
Schriftzeichen haben?

Oder käme es Ihnen in den Sinn, Inhalte ihres verstopften Toilettenrohres in eine Tupperschüssel zu packen, um sie dem örtlichen Gas-/Wasser-Installationsbetrieb vor die Tür zu legen?? Ich meine: was denken die Leute sich?! Das wir hier aufgrund eines genetischen Defekts oder eines unerklärlichen Fetischs gerne in altem Gurkenwasser schwimmende Schädlinge betrachten? „Ja aber sie sind doch Kammerjäger…" hört man die sehr selten auf frischer Tat Ertappten gerne sprechen.

„Ja. Aber sie arbeiten doch auch beim Finanzamt. Deswegen komme ich trotzdem nicht auf die Idee, Ihnen meine letzten Steuerbescheide zur Durchsicht auf die Türschwelle zu legen oder in den Briefkasten zu werfen". Obwohl. Das wäre ja mal ein Ansatz. So könnte man auf wundervolle Art seine gesammelten Brötchen-Bons und sonstigen schwachsinnigen Steuermüll entsorgen…

In manchen Sommern ist es an manchen Tagen so schlimm, das wir uns vorkommen wie auf einer Tupper-Party. Oder einem Recycling-Hof. Überall Kunststoffgefäße und Gläser auf den Fensterbänken und vor den Türen unseres Lagers. Mittlerweile haben wir sogar extra Blumenkästen mit Begonien auf den insgesamt sechs Fensterbänken installiert. Die Verpackungen unterschiedlichster Art sind teils mit seltsamen Zettelchen beklebt. Kryptische Botschaften quasi. Gelbe Post-it's dominieren das Geschehen. Handgeschrieben und unleserlich.

Von A wie Ameise bis Z wie Zecke ist bisher so ziemlich alles dabei gewesen, was unsere heimische Fauna so zu bieten hat. Doch nicht nur hier ansässige Krabbeltiere fanden- und finden wir in kleinen Pfützen von Wurstwasser mit Schraubverschluss vor, sondern auch die eine oder andere invasive Art wurde uns zur Begutachtung schon in die Begonien gelegt.

Vermutlich kleine Reiseandenken aus dem letzten Urlaub. Ganz häufig erreichen uns aber auch einfach nur irgendwelche Krümel, Wollfäden oder sonstige Kleinmaterialien, die auf einen Dermatozoenwahn des anonymen Schenkers hindeutet.

Nun ist es so, daß der Verfasser dieser lustigen Zeilen sich schon sehr früh dazu entschieden hat, das Privatleben und den geschäftlichen Alltag psychisch-, aber auch physisch voneinander zu trennen. Und somit befindet sich glücklicherweise die Betriebsstätte schon immer in einem ganz anderen Stadtteil als die private Wohnanschrift. Das hat zum einen den Vorteil, sich abends mit der Frau nicht nur über Rattenscheiße und Dickes auf dem Teppich unterhalten zu müssen, zum anderen aber auch, daß sich der Kreis potentieller Gurken- oder Würstchenglas-Absteller im privaten Umfeld doch in Grenzen hält.

Eines haben wir hier in der kleinen Kammerjägerei allerdings im Laufe der Jahre gelernt und mit Erstaunen zur Kenntnis nehmen müssen: die Art an Umverpackungen, insbesondere aus dem Hause Tupperware scheint schier endlos. Keine Farbe, keine Form und keine Größe, die wir im Laufe der Zeit nicht schon vorsichtig geöffnet hätten. Dazu kennen wir fast alle eingelegten Gurkensorten, wobei sich in unserer Region vor allem die „Schlesischen Gurkenhappen" größter Beliebtheit zu erfreuen scheinen. Wurstgläser liegen immerhin noch auf Platz drei unserer internen Umverpackungs-Hitparade. Hier haben die Fleischerzeugnisse von Meica in dieser Saison die Nase knapp vorn. Dabei helfen wir unseren Mitmenschen ja wirklich gerne. Allerdings so, wie der Bäcker gerne hilft, wenn das Brot ausgegangen ist. Gegen Kopeken. Hallo? Wir machen es für Kohle.

Und schämen uns nicht, das zuzugeben. Und man würde uns dennoch Unrecht tun, in diesem Zusammenhang den Begriff „Geldgeilheit" zu verwenden.

Im Gegenteil.

Nie würden wir ältere Menschen aus der Umgebung harsch angehen und Ihnen unsere Hilfe versagen. Nie!!

In einigen Fällen ist es in der Vergangenheit aber auch schon vorgekommen, daß bei Ablehnung des Ansinnens einer kostenlosen Bestimmung anschließend hinter vorgehaltener Hand getuschelt wird „der Skor hätte es wohl nicht mehr nötig...". Nein. Das Gegenteil ist der Fall. Wir haben es so nötig, daß wir noch immer nicht umsonst arbeiten können. Außerdem bestünde ja immerhin auch die Möglichkeit, den Weg der zahllosen zufriedenen Kunden einzuschlagen und uns einfach telefonisch oder per Mail zu beauftragen, damit wir uns vor Ort die ganze Angelegenheit einmal im Kontext ansehen- und dann gegebenenfalls eine geeignete Bekämpfung durchführen können. Doch diesen Service, -so hat es die Erfahrung in den letzten Jahren deutlich gezeigt, möchte die Gurkenglas-Fraktion scheinbar nur sehr ungerne in Anspruch nehmen.

Vielmehr ist es so, daß sich bei hundert abgegebenen Gefäßen vielleicht in einem einzigen Fall ein Auftrag ergibt. Und zwar, wenn es hochkommt! Also können wir uns die Mühe gleich sparen, im trüben Gurkenwasser nach irgendwelchen meist nur unvollständig vorhandenen Insektensegmenten oder Nager-Ausscheidungen zu fischen. Immerhin stellen wir bei dieser Tätigkeit kostenlos und unentgeltlich unser Fachwissen zur Verfügung. Vielmehr drängt sich uns der Eindruck auf, daß viele unserer Mitmenschen sich durch unser Wissen in Bezug auf den vermeintlichen Schädling kundig machen, um sich anschließend mit dem von uns weitergegebenem Ergebnis im Internet von zweifelhaften Anbietern noch zweifelhaftere Präparate frei Haus liefern zu lassen.

Mit denen kann man sich dann vortrefflich die Bude dauerhaft mit den schönsten Nervengiften dieser Welt kontaminieren.

So spart man zunächst natürlich bares Geld. Und das übrigens nicht nur für den Kammerjäger. Nein, auch für den Friseur. Warum?! Weil dem einen oder anderen Zeitgenossen bei seinen diversen Selbstversuchen mit den kräftigsten Chemikalien, die man im Internet bestellen kann, schon die Haare ausgefallen sein sollen… Mein Tipp für solche Fälle: ausgefallene Haare in ein Gurkenglas packen und beim Frisör Ihres Vertrauens nachfragen, ob er sie vielleicht kostenlos wieder festklebt.

Fragen kost´ nix.

Bude

Es ist etwas wunderbares passiert. Etwas ganz phantastisches. Ja. Ich weiß. Heute schreibt man phantastisch mit „f". Aber genau darum sind mir diesmal nicht die Halsschlagadern angeschwollen, sondern mein Geist ist von Wehmut beseelt.

Wie es soweit kommen konnte?! Nun. Als wir vor einigen Tagen zu einem dieser wundervollen, begehbaren Kioske ins Dortmunder Nordviertel gerufen wurden, weil sich dort Mäuse unter der Theke tummelten, wurde mir für einen Moment schwermütig ums Herz. Ich erinnerte mich, wie wir als Kinder vor „unsere" Bude standen.

Genau genommen standen wir überhaupt nicht vor der Bude, sondern eher unter ihr. Noch genauer genommen unter dem etwas vorstehendem Brett, das als Theke diente. Unsere damals noch sehr geringe Körpergröße ließ es kaum zu, den gesamten mit Zeitschriften und Zeitungen belegten Verkaufstresen zu überblicken. Neben besagten Druckerzeugnissen befanden sich rechts und links davon große Gläser mit Inhalten, die man heute allenfalls in vergessenen Hinterzimmern gerichtsmedizinischer Institute vermuten würde. In diesen großen Bonbonieren schwammen Rollmöpse und Salzheringe, Soleier und Bratheringe, die wir Blagen freiwillig nie gekauft-, geschweige denn gegessen hätten...

Traten wir in den mit wellenförmigen Kunststoffplatten überdachten, aber ansonsten offenen Verkaufsbereich, öffnete sich bald darauf die kleine Glasschiebetür mit dem typischen Geräusch, das es nur an Trinkhallen im Ruhrgebiet zu geben scheint. Nach dem Öffnen der dünnen Scheibe strömte uns wenige Augenblicke später für einen kurzen Moment der eigenartige, undefinierbare Geruch einer Mischung aus frischen Druckerzeugnissen, Süßwaren und Tabak entgegen. Das erste, was wir von der korpulenten- und für uns damals recht alten-, aber sehr freundlichen Trinkhallenbetreiberin erspähen konnten, war ihr mächtiger Busen, der sich gekonnt durch die Öffnung der dünnen Schiebeglasscheiben zwängte, um einen Augenblick später auf den ausgelegten Zeitschriften direkt über dem Münztablett aus Kunststoff mit dem „BILD"-Logo Platz zu finden.

Eigentlich konnten wir von der grauhaarigen, älteren Dame in der obligatorischen ärmellosen Kittelschürze mit den ausgeblichenen Blumenaufdrucken stets nur Segmente wahrnehmen. Immerhin waren die Innenbereiche neben den dünnen Schiebescheiben mit den wahren Begehrlichkeiten unserer in den siebziger Jahren stattfindenden Kindheit verdeckt. So standen zum Beispiel Fußballsammelbilder bei uns hoch im Kurs.

Damals wurden diese kleinen Kärtchen mit den Fotos unserer Idole noch nicht von Panini produziert, sondern auf dickerem Papier gedruckt, durch eine Firma Bergmann vertrieben. Das dickere Papier hatte den entscheidenden Vorteil, dass sich diese Bilder viel besser zum „schabbeln" eigneten, als die dünnen Bibelseiten, auf denen heute die Konterfeis diverser Multi-Millionäre gedruckt sind.

Eine Tüte Fußballbilder bedeutete für uns Blagen ewige Quell der Spannung, Freude und Enttäuschung. Freude stellte sich immer dann ein, wenn man nach dem Aufreißen feststellte, dass endlich der fehlende Heinz Flohe oder sonst wer die Sammlung bereicherte. Enttäuscht war man, wenn der achte Wolfgang Kleff oder der zwölfte Bernd Cullmann einmal mehr den Packen „Doppelter", die wie ein Schatz mitgeführt- und von einem orangen Gummiband zusammengehalten wurden, dicker und dicker werden ließ. Die geheimnisvollen Worte „Hamm wa, hamm wa, hamm wa, hamm wa nich, hamm wa" hörte man damals immer dann, wenn mindestens zwei Jungs die Köpfe aneinandersteckten und die Bilder des Kumpels durchschauten. In ein regelrechtes Sammel-, Tausch- und Schabbelfieber gerieten wir Kinder kurz vor der Fußballweltmeisterschaft 1974 mit Erscheinen des großen Bergmann-Sammelalbums zum gleichnamigem Sportereignis.

„Na, Ströppken?! Wat darf et denn sein?!"

„Drei Tüten Fußballbilder bitte."

„Sechs Groschen macht et dann."

Nachdem wir der Trinkhallenbetreiberin unser Geld von unten heraufgereicht hatten, wurde uns sofort ein kleiner Karton entgegengestreckt, in dem die in Rot gehaltenen, rechteckigen Tütchen angeboten wurden. Zögerlich zogen wir uns aus der Vielzahl von Tüten unsere drei „richtigen" so sorgfältig und wohlüberlegt heraus, als hätten wir eine Möglichkeit, den Inhalt zu beeinflussen. Augenblicklich öffneten wir sie, begutachteten die je fünf Bilder und schmissen das Papier in den halbrunden Plastikeimer mit dem Langnese-Aufdruck rechts unter dem großen Zeitungsständer.

Auch wenn gerade kein Fußballfieber angezeigt war: Süßwaren- und Eisfieber herrschte stets. Und dieses Fieber führte auch zu den weitaus meisten Besuchen an unserer Bude. Sobald wir wieder etwas Kleingeld ergattern konnten, wurde dies in all die Leckereien umgesetzt und großzügig unter den Spielkameraden aufgeteilt.

„Ja Ströppken?! Wat kann ich für dich tun?!"

„Ich hätte gerne eine Tüte Gemischte. Aber ohne Veilchen."

Scheinbar aus dem Nichts zauberte Frau Voss mit dem gutmüti-
gen Gesichtsausdruck älterer Damen eine kleine Schüppe in ihre
Hand und zählte in unendlicher Geduld kleine bunte Bonbons
ab. Diese befanden sich in eckigen Gläsern, deren Öffnung mit
einem Deckel verschlossen waren.

Die zahllosen Gläser standen im Innenraum der Verkaufshalle
und man konnte den Inhalt durch die Scheibe erkennen. Andere Gefäße waren aus Kunststoff und hielten Lutscher bereit.
Schoko-Stampfer zum Beispiel. Oder Kojak-Lollis. Wobei mein
Favorit eindeutig Kokos-Bällchen waren. Oder Silberlinge.
Oder komm. Mach beides inne Tüte. Andere Gefäße waren aus
Pappe und boten Schokoriegel feil. Hin und wieder drängelten
die Erwachsenen hinter uns oder verzogen ein Gesicht, wenn
sie nur mal eben eine Schachtel Overstolz mit 18 Zigaretten für
zwei Mark kaufen wollten. Oder eine Flasche Stern Pils zum
Feierabend. Aber Frau Voss ließ sich nicht aus der Ruhe bringen.
„So Ströppken. Weil heute Mittwoch is, hap ich dir ma fünf
Knöterich für umsonst mit bei getan."
Frau Voss war die Beste.

Hin und wieder gönnten wir uns auch ein Eis. Grünofant. Oder
brauner Bär. Dolomiti oder Jolly. Am häufigsten kauften wir allerdings „Flipper-Eis". Kein Mensch wusste, warum wir dieses
süße Wassereis in Kunststoffstangen so nannten. Aufgrund der
geringen Kosten von nur „einem Tacken" pro Stück entwickel-
te es sich regelrecht zum Zahlungsmittel unter uns Blagen. Im
Sommer holten wir das Zeug tütenweise und teilten brüderlich.
„Ja Ströppken?! Wat kann ich für dich tun?!" hieß es wieder
und wieder. „Ich hätte gerne zwei Schoko-Stampfer, vier Brau-
sestangen, zwei Flippereis, zwei Leckmuscheln und für den Rest
gemischte Bonbons. Odda lieba noch vier Esspapier und dann

von den Rest Gemischte. Aber ohne Veilchen. Odda. Kann ich noch ma umändern?! Libba nur zwei Esspapier und dafür noch vier Salinos. Und wenn et reicht dann für den Rest Gemischte…" Kaum vorstellbar, was die Frau damals für eine Geduld mit uns gehabt haben muss.

„So Ströppken. Weil heute Donnerstag is, hap ich dir ma zwei Salinos für umsons mit beigetan."

In freudiger Erwartung ließen wir uns die randvoll mit Süßigkeiten gefüllte, weiße Spitztüte herunterreichen.

Übrigens konnten wir damals sogar noch auf dem Weg zur „Penne" unsere geliebten Negerkussbrötchen erwerben, ohne dass der Verfassungsschutz anschließend an der Klassentür geklopft- oder ein Sondereinsatzkommando am Abend unsere Wohnung verwüstet hätte. Aber es gab ja schließlich auch auf der Kirmes und in der Stadt Eismohren. Das war in Schokoladenglasur getauchtes Softeis, das aufgrund der heißen Schokomasse immer sofort anfing an allen Enden zu tropfen. Dabei hätte Julius, ein dunkelhäutiger Spielkamerad aus unserer Siedlung, dessen Hautfarbe uns genauso scheißegal war wie seine Herkunft sich niemals diskriminiert gefühlt. Hätten wir auch nie zugelassen! Das hätte nämlich „Kloppe" gegeben, weil wir alle zusammenhielten.

Wenn einer von uns mal stolz einen „Heiermann" ergattern konnte, dann gönnte man sich hin und wieder ´nen Schokoriegel. Banjo. Oder Raider. Aber auch mal `n Tütchen Treets. Mein persönlicher Favorit in diesem für uns damals sehr hochpreisigeren Marktsegment war eine ineinander verflochtene Karamellstange mit Schokoüberzug, die früher „Musketier" hieß. Milky Way fand ich aber auch nicht schlecht.

Die Dinger waren nämlich laut Werbung so leicht, daß sie sogar in Milch schwimmen konnten…

Sternstunden waren immer dann in Sicht, wenn man abends für Papa mal etwas bei Frau Voss kaufen gehen sollte. Dummerweise rauchte mein Vater nicht und mit Bier wurde er von unserem Getränkemann beliefert. Aus diesem Grunde standen diese Sternstunden nicht allzu häufig an. Aber wenn, dann hieß es immer: „Hol ma vonne Bude vier Flaschen Hannen Alt. Die Müllers kommen heute zu Besuch und Günter trinkt doch nur dat olle Alt. Hier hasse Geld. Von dem Rest kannze Dir wat kaufen." Und von dem Rest kaufte ich. Und zwar Wundertüten. Von der einzigen Wundertütenfirma weit und breit. Der Firma Heinerle. Zuhause in meinem Kinderzimmer öffnete ich die Papiertüten dann voller Vorfreude. Glück hatte man, wenn ein Flugzeug aus Styropor mit Abschießvorrichtung aus Gummiband drin war. Vielleicht noch `ne Flasche Liebesperlen mit Nuckel. Oder Kaugummi mit Tätowier-Bildern. Kurz auf den Arm gespuckt, draufgelegt und wieder abgezogen.

Astrein. Schlimmer als manch echte Tätowierung heute sah dieser Hautschmuck auch nicht aus. Mit dem Unterschied vielleicht, daß er abwaschbar war…

Ja. So war es früher. Bei uns anne Bude. Lange her. Früher holte ich mir dort Mäusespeck. Und heute bekämpfe ich hier irgendwo im Ruhrpott die Nager. Aber riechen tut es noch fast so wie in den siebziger Jahren. Nur Raider ist jetzt Twix und ich komme nicht mehr mit `nem Bonanza-Rad.

Einkaufen

Auch der emsigste Kammerjäger braucht hin und wieder eine kleine Erfrischung. Und die holt er sich am liebsten in dem Supermarkt seines Vertrauens ganz in der Nähe des Büros. In Friedenszeiten, also wenn keine Pandemie die Menschheit vor dem Aussterben bedroht, ist der Vorgang des Einkaufens für mich schon eine Vollkatastrophe. Aber während SARS-CoV-2 über den Planeten huscht, gestaltet sich jeder Gang zum Lebensmittelmarkt zum wahren Abenteuer. Dabei bleibt es mir völlig unerklärlich, wie manche Menschen diesen Vorgang des Einkaufens zum Lebensinhalt-, zumindest aber zur Freizeitbeschäftigung erheben können. Die Rede ist vom Shoppen. Höchststrafe! Purer Stress. Aber auch mitunter sehr unterhaltsam. Zumindest wenn man die nötige Zeit mitbringt.

Doch zurück zum Thema. Zunächst mal kommt man in den Tempel der Genüsse ohne Maske vernünftigerweise ja überhaupt nicht rein. Aber wo hatte ich das verkackte Stück Stoff doch gleich gelassen?! Eigentlich war ich mir ziemlich sicher, es in die Tasche meiner Weste gesteckt zu haben. Alles fingern in den weiten Weiten meines ärmellosen Kleidungsstücks nutzte nichts. Die Maske blieb verschwunden. Dann fiel mir allerdings ein, daß ich eines dieser praktischen Gesichtsaccessoires heute Morgen in die Hintertasche meiner Jeans gepackt hatte.

Volltreffer. Praktisch finde ich die Teile aus dem Grunde, weil ich endlich komplett unrasiert aus dem Haus gehen kann, ohne das es jemand merkt. Früher hätten die Blagen mir vermutlich mit den Stoppeln im Gesicht ein zünftiges „Hallo Herr Hotzenplotz" zugerufen. Aber heute? Mit Maske? Sieht doch keiner.

Allerdings folgt sofort die nächste Hürde: Einkaufskarren. Ich also mit Maske aufm Kopp zu der Einkaufskarren-Garage, um mir für den Großeinkauf von zwei Bananen und einem Frikadellenbrötchen ein Wagen zu besorgen. Und was für ein Geldstück befindet sich nicht in meinem Portemonnaie?! Man ahnt es. Weder die verlangte Euro-Münze, noch ein Fuffzichcent-Stück und schon gar kein Zwei-Euro-Tacken lässt sich auf die Schnelle organisieren. Ich könnte natürlich die Maske dazu nutzen, mir gewaltsam ein Geldstück zu beschaffen, aber das enstpricht nicht meinem Naturell. Stattdessen finde ich in meiner Geldbörse jede Menge kleiner Kackmünzen, die allenfalls dazu taugen, sie in einem italienischen Wunschbrunnen zu versenken. Wenn man nur nach Italien reisen dürfte… Also zurück zum Auto. Dort finde ich in der Mittelkonsole tatsächlich irgendwo ein Euro-Stück. Zur Not hätte ich einfach in die sehr enge Ritze zwischen Fahrersitz und Mittelkonsole rumpopeln müssen. Dort finden sich in meinem Fahrzeug neben Kugelschreibern aller Art nämlich meist auch zahlreiche Geldstücke in sämtlichen Stückelungen, obwohl ich schwöre, diese Dinger dort nicht mit Absicht reinzuschmeißen.

Wenige Augenblicke später ziehe ich Bilanz. Maske? Hatter. Einkaufskarre? Hatter auch. Kann losgehen. Ich also mit Maske auf'm Kopp und Karre vor dem verfetteten Körper durch die Schiebetür und ab in die Frischeabteilung mit dem Obst und Gemüse. Im Wesentlichen orientiere ich mich jetzt am Geruch, da die Brille in Kombination mit der Maske zu diesem Zeitpunkt schon wieder so beschlagen ist, daß ich mich genauso gut an der Fischabteilung befinden könnte. Um temporär meine Sehfähigkeit zumindest teilweise wieder herzustellen, friemel ich mir die Sehhilfe vom Gesicht. Dabei bleiben wie jedesmal die scheiß Gummibänder der Maske an den Brillenbügeln hängen. Nun hängt mir das Stück Stoff quer über dem linken Auge, während ich die Brille von dem Gummiband befreie. Wäre die Maske schwarz, würde ich aussehen wie ein Pirat mit Augenklappe. Nur bekloppter. Vielleicht sollte ich mir noch `n Holzbein anschrauben, um die Illusion perfekt zu machen. Die Brille stecke ich vorsorglich in meine Tasche.

„Wo sind denn die Bananen nur? Ach. Hier liegen sie ja. Direkt neben den Weintrauben aus Peru."

Wie bei jedem Besuch in der Frischeabteilung eines Supermarktes frage ich mich auch diesmal, warum es eigentlich keine Weintrauben aus Deutschland zu kaufen gibt und man diese Teile aus Südafrika bis hierhin transportieren muss. Immerhin sollen diese Früchte ja an Rhein, Main, Mosel und Neckar vereinzelt vorkommen. Dabei beobachte ich eine Frau mittleren Alters, die direkt neben mir steht und beinahe jede einzelne Traube anfasst, um sie zunächst zu begutachten, dann aber wieder in die Kiste zurücklegt und nach einer anderen Rebe greift. Meine zwei Bananen sind schnell eingepackt. Eigentlich esse ich überhaupt keine Bananen. Aber bei diesen Paradiesfeigen kann ich das beim Wiegevorgang ausgespuckte Klebeetikett der Waage direkt auf die Frucht kloppen und muss das Obst nicht vorher in eine der Kunststofftüten packen. Nicht das ich ein übermäßiger Öko wäre. Vielmehr stehe ich jeweils bei dem Versuch, diese scheiß Plastiktüten aufzubekommen kurz vor dem Herzinfarkt. Die hauchdünnen Seiten der Tüte kleben nämlich immer so fest zusammen, daß ich mittlerweile lieber zu Kaiserkirschen aus dem Glas oder Erdbeeren aus der Dose greifen würde. Aber wen interessiert das schon?

Elegant steuer ich meine Einkaufskarre Richtung Heißer Theke. Vor mir steht ein Herr und stellt sich vermutlich sein Mittagessen zusammen. Für die nächsten vierzehn Tage. Ja nun. Das ist ja sein gutes Recht als Kunde. Aber wenn die Fleischkäse-Fachverkäuferin sich nicht bewegen würde wie ein rostiger Amboss, würde ich durchaus die Chance sehen, den Laden noch vor Sonnenuntergang verlassen zu können. Gerade als ich annehmen durfte, der Mann sei fertig mit seiner Bestellung, trötet das junge Mädchen im fleckig-weißen Kittel ein freundliches „Darf es denn sonst noch was sein, der Herr?" über die Theke.
„Ach machen sie mir doch bitte noch zwei Spießbratenbrötchen."
Auch das noch. Und ich wollte mir nur kurz mal eben was zu essen holen… Noch nie zuvor wurde vermutlich ein Mensch dabei beobachtet, wie er in Super Slow Motion zwei verschissene Scheiben von einem Stück Spießbraten abzuschneiden versuchte. Aber warum muss die Premiere ausgerechnet in meiner Mittagspause stattfinden?! Der Vorgang an sich nimmt so viel Zeit in Anspruch, das ich kurz davor stehe, über die Theke zu springen um die Sache selbst in die Hand zu nehmen. Allerdings besinne ich mich eines besseren und setze mir stattdessen die Brille wieder auf. Dieses Schauspiel will genau verfolgt werden. „Brauchen Sie Senf oder Ketchup?" Zum Glück verneint der Kunde. Den Rest kann ich nicht mehr erkennen, da die Gläser meiner Sehhilfe schon wieder dermaßen beschlagen, daß ich für den Rest des Verkaufsvorgangs erneut erblindet bin. Hoffentlich hat sich die Puppe zwischenzeitlich nicht die Finger abgeschnitten. Immerhin scheint sie neu in dem Beruf zu sein.
„Was kann ich Ihnen denn gutes tun?" wendet sie sich endlich nach einer gefühlten Ewigkeit mir zu.

„Ich hätte gerne ein Frikadellenbrötchen". Zum Glück habe ich zwischenzeitlich mein Augenlicht wiedererlangt. So bleibt es mir nicht verborgen, mit welch nervenzerfetzender Langsamkeit es möglich ist, ein Brötchen aufzuschneiden, um anschließend eine Herren-Praline zwischen die zwei Hälften zu drapieren. Fast Food geht anders. Als sie dann das fertige Frikadellenbrötchen einpackt, bin ich fast geneigt, ihr zu sagen, das sie es einfach so in die Tüte packen soll, da ich es nicht verschenken möchte. Fehlt echt noch, das sie `ne Schleife drum macht.

So. Jetzt aber raus hier. Auf direktem Wege begebe ich mich mit meinem Großeinkauf zum Kassenbereich. Voll ist der Laden zum Glück nicht. Darum ist aber auch nur eine Kasse geöffnet. An der stehen drei Leute an. Geht ja noch. Allerdings haben zwei von Ihnen ihre Einkaufswagen so voll gepackt, das man sich Sorgen um die zulässige Achslast der Karren machen muss. Die direkte Kundin vor mir legt zum Glück nur zwei Tüten Weingummi und eine Dose Energy-Drink auf das Band. Insbesondere das Getränk der jungen Frau vor mir, die bei dem Genuss ihres Kaugummis rein optisch sehr stark an eine wiederkäuende Kuh erinnert, gibt Anlass zur Hoffnung, das es bei ihr schnell gehen wird. Denkste! Als die Zuckerpuppe aus der Bauchtanztruppe endlich an der Reihe ist, teilt sie der Kassiererin energisch mit, das sie über eine Payback-Karte verfügt. Da weder ich selbst, noch meine Frau je solch ein Teil besessen haben, kenne ich mich mit diesen Dingern nicht sonderlich aus, kann mir aber kaum vorstellen, das man bei einem Einkaufsvolumen von geschätzten Dreieuroachtzig als Dank einen Gutschein für die neue S-Klasse auf seine verschissene Karte gutgeschrieben bekommt.

Plötzlich hält die junge Frau ihr Smartphone in der Hand und wischt damit hektisch über ein in dem Sicherheitsplexiglas eingelassenes, rechteckiges Loch, hinter dem eine Art Scanner angebracht ist. Ich denke bei mir „wat macht die Alte denn da?" als ich begreife, das die Payback-Karte im eigentlichen Sinne überhaupt keine Karte mehr ist. Sondern irgendwie wohl in ihrem Mobiltelefon integriert sein muss. Unglaublich. Bin ich jetzt schon zu alt zum einkaufen? Jäh werden meine Gedanken von der monotonen Stimme der Kassiererin unterbrochen, für die das alles völlig normal zu sein scheint. „DreiEurovierundneunzig machts dann", fordert sie die Kundin vor mir auf. Plötzlich hebt diese unvermittelt ihren linken Arm und hält ihn über eine zweite Öffnung in dem Sicherheitsplexiglasspuckschutz, hinter der sich nun ein weiteres elektronisches Teil befindet.

„Wat macht se denn jetz?!" frage ich mich.

„Will se der Kassiererin ihre neue Armbanduhr von Goldanker zeigen oder wat??"

Umständlich fummelt sie mehrere Male mit dem Zeiteisen aus Plastik vor dem Scanner rum. Ich kombiniere messerscharf, daß die Wiederkäuerin vor mir vermutlich eine ganz technikaffine Biene ist und mit der Uhr vermutlich den Bezahlvorgang durchführt. Stichwort Smartwatch. Tja. Jetzt guckt ihr doof. Aber wir vom Jahrgang 1968 sind auch nicht von gestern. Wir kennen uns aus. Auf jeden Fall besser, als die Konrad-Zuse-Tochter vor mir. Sie findet nämlich wohl irgendwie mit ihrer Kunststoff-Rolex nicht die richtige Position vorm Scanner. Oder ihre Uhr ist nicht gedeckt. Man weiß es nicht.

Auf jeden Fall geht mir der ganze Quatsch mit dem ewigen gefuchtel ihres Ärmchens vor dem Lesegerät mittlerweile dermaßen auf den Zeiger, daß ich kurz davor stehe, ihr einen fünf-Euro-Schein zu spendieren, damit es weitergeht. Schwupps, ist die Pandemie vorbei und ich stehe immer noch beim REWE anner Kasse. Aber plötzlich signalisiert ein lauter Piep-Ton der Kassiererin, das sich wohl der geforderte Betrag noch irgendwo zwischen dem großen- und dem kleinen Zeiger der magischen Uhr auftreiben ließ.

Bei mir ging es schnell. Ich zahlte meinen Einkauf wie immer problemlos in bar, passierte die Schiebetüren zurück ins Freie und riss mir erstmal die Maske vom Kopp. Dabei verfing sich einmal mehr mein Brillenbügel im Gummiband. Nachdem ich den ganzen Kack wieder entwirrt hatte, schob ich den paarungs-bereiten Einkaufskarren wieder zurück in sein entsprechendes scheinbar ebenfalls paarungsbereites Pondon um mir mein Euro-Stück zurückzuholen. Dabei nahm ich mir fest vor, am nächsten Tag Butterbrote mit zur Arbeit zu nehmen.